장영희 영미시 산책

생일
그리고
축복

당신이 이 세상에
존재하는 것만으로도

장 영 희 · 쓰 고 · 김 점 선 · 그 리 다

비채

세상에서 제일 아름다운 책

《생일》 출간에 부쳐

작년에 이 책의 그림을 그려주신 화가 김점선 선생님께서 TV 인터뷰를 하실 때였습니다.

사회자가 근황을 묻자 선생님께선 "장영희의 영미시 산책을 책으로 내는데 거기 들어갈 그림을 그리고 있다"고 말씀하셨습니다. 그랬더니 사회자가 그 책의 제목을 물었습니다. TV를 보고 있던 저는 순간 긴장했습니다. 당시 아직 책의 제목을 정하지 않았을 때였고, 선생님과 한 번도 제목에 대해 상의해본 적도 없었기 때문입니다. 그런데 선생님께선 잠깐 생각하시더니 특유의 순발력으로 자신 있게 답하셨습니다.

"세상에서 제일 아름다운 책이요!"

그래서 이 책은 당시 그 TV 프로그램에 '세상에서 제일 아름다운 책'이란 제목으로 소개되었습니다.

그때부터 내 마음속에 간직한 이 책의 비밀 제목은 '세상에서 제일 아름다운 책'입니다. 그래, 맞다, 이 세상에서 제일 아름다운 책을 만들자! 이것은 물론 저의 소망이기도 하고, 저의 의지이기도 하였습니다. 아니, 저의 의지와 상관없이 이 책은 아름다울 수밖에 없는 운명을 가진 책입니다. 영미문학사에서 빛나는 시인들의 아름다운 시에 아름다운 그림들을 엮은 책이기 때문입니다.

여기 수록된 시들은 읽으면 단단한 껍질에 꽁꽁 싸여 있던 내 마음이 갑자기 속살을 드러낸 듯 속절없이 진한 아픔과 기쁨을 느끼고, 무채색인 내 세상에 무지개가 뜨듯 생경하면서도 황홀한 느낌이 들고, 잊혀진 꿈처럼 나도 희로애락을 느낄 줄 아는 마음이란 게 있었구나 새삼 뻐근한 감동이 오고, 갑자기 이 혼잡하고 험한 세상에서 남에게 해 안 끼치고 꿋꿋이 살아 있는 내 존재가 마냥 기특한 느낌이 들고, 문득 '이봐요, 여기 내가 있잖아요' 하고 옆 사람 툭 치고 눈 맞추고 이야기하고 싶게 만듭니다. 그러니 어찌 아름답지 않을 수 있을까요.

　시인은 바람에 색깔을 칠하는 사람입니다. 분명 거기에 있는데, 분명 무언가 있는 것을 느끼는데 어떻게 말로 표현할 수 없는 것을 우리 대신 표현해주는 사람입니다. 정제된 감정을 집중하고, 고르고 골라 가장 순수하고 구체적인 이미지와 진실된 언어로 우리 대신 말해줍니다. 에밀리 디킨슨은 머리가 완전히 폭발해버린 듯한 느낌을 받을 때 시를 쓴다고 했습니다. 로버트 프로스트는 목에 무언가 뜨거운 것이 치밀면, 그것은 시를 쓰라는 신호라고 말했습니다. 그것은 순간적이라도 지독한 사랑을 느낄 때의 감정이고, 우리가 알고 있는 시인들은 그래서 모두 자신이 느끼는 사랑을 말로 옮긴 사람들입니다. 남녀간의 사랑, 자식에 대한 사랑, 이웃 사랑, 나라 사랑, 한 마디로 뭉뚱그려 모두 삶에 대한 사랑을 노래한다고 할 수 있습니다. 그래서 서정시인 새러 티즈데일은 말합니다. "나의 노래를 만드는 것은 내가 아니라 나의 심장입니다(It is my heart that makes my songs, not I)." 즉 자기의 심장으로 우리를 대변해주는 사람들이 바로 시인입니다.

　이 책은 대부분 모 일간지에 '장영희의 영미시 산책'이라는 제목으로 연재했던 칼럼을 모은 것입니다. 처음에 여름 기획 코너로 두 달만 쓰기로 했는데 독자들의 반응이 좋아서 조금씩 연장하다가 결국 1년 동안 연재하게 된 칼럼입니다. 신문에 영시를 소개한다는 기획 자체가 신선했다고 할까요. 어쩌면 모두의 마음속에 잠재한 '시를 읽고 싶은 욕망'을 자연스럽게 끌어냈다고 볼 수도 있겠지요.

신문사에서 저의 원고를 담당하신 김광일 기자님은 계절마다 제 칼럼에 아주 멋진 제목을 붙여주었습니다. 봄에는 '이 아침, 축복처럼 꽃비가', 여름에는 '바다보다 푸른 초대', 가을에는 '낙엽을 기다리는 오솔길에서', 겨울에는 '눈 오는 산 참나무처럼' … 그야말로 시적이고 아름다운 제목들이지요.

칼럼에 쓴 시들을 모아보니 모두 120편가량 되었고, 주제별로 크게 사랑과 희망으로 나누어졌습니다. 그중 사랑에 관한 시 49편을 골라 담고 《생일: 사랑이 내게 온 날 나는 다시 태어났습니다》라는 제목을 붙여보았습니다. 크리스티나 로제티의 〈생일〉이라는 시의 제목과 주제에서 따온 것이지요. 육체적으로 이 세상에 태어난 생일도 중요하지만, 사랑에 눈떠 영혼이 다시 태어나는 날이야말로 진정한 생명을 부여받는 생일이라는 의미를 담고 있습니다.

《생일》은 제게 개인적으로 의미가 큰 책입니다. 2004년 9월 초 척추암이 발병하여 병원에 입원했던 저는 당시 쓰고 있던 신문과 잡지 칼럼 네 개 중 세 개를 포기했지만, 그중 영미시 칼럼만은 남겨두었습니다. 알코올중독자가 갑자기 술을 끊으면 금단현상이 오듯, 글을 쓰고 책을 읽던 사람이 갑자기 그런 일을 안 하면 아마도 더 스트레스를 받을 것 같아서였습니다. 그 당시 제게 '영미시 산책' 칼럼은 흰 벽으로 둘러싸인 좁은 공간에서 바깥 세상으로 나가는 단 하나의 통로였습니다. 나만 버려두고 자꾸자꾸 앞으로 가버리는 세상에서 내 존재를 확인하는 단 하나의 방편이었습니다. 그리고 그때 읽은 시들은 대학에서, 또는 그후 문학을 전공하면서 읽었던 그 어떤 시들보다 제게 감동으로 다가왔습니다. 새로운 생명의 힘을 북돋워주듯, 정말이지 영혼의 '생일'을 새로 맞이할 수 있는 용기를 주었습니다.

시, 그것도 영시를 읽는 건 어렵다고 생각하는 독자들이 간혹 있습니다. 우리말이 아니라는 물리적 한계뿐만 아니라 시 특유의 함축성 때문에 의미가 금방 들어오지 않을 수 있으니까요. 그래서 시를 선택할 때 특별히 신중을 기했습니다. 여기 소개한 시인들은 대부분 꼭 영문학도가 아니더라도 상식으로 알아둘 만한, 이른바 '거장'들입니다. 셰익스피어에서부터 윌리엄 버틀러 예이츠, T. S. 엘리엇, 에밀리 디킨슨, 로버트 프로스트 등 필독해야 하는 시인들이지만 그들의 대표작 위주로 시를 고른 것은 아닙니다. 영문학과의 시 전공 수업에서 머리로 분석하고 따져야 이해가 되는 시보다는 우리의 가슴에 호소하는 시, 전공자가 아니더라도 누구든 읽고 이해할 수 있는 시를 고르고, 장시長詩에서 가장 의미 있는 부분을 발췌하려고 노력했습니다.

그리고 상세한 시인 소개나 전문적인 시 해설은 피했습니다. 영시 칼럼을 쓰고 이 책을 내는 목적은 독자들에게 이 시인들에 대해 사실적인 정보를 제공하고 전문적인 문학 분석 방법을 소개하기 위한 것이 아니기 때문입니다. 시인들의 고뇌와 사랑, 의지, 인내, 희망을 함께 나누며 언어와 정서, 문화의 차이를 뛰어넘어, 결국 시는 우리 모두의 삶 자체라는 것, 시는 아프고 작은 것도 다 보듬어 안아서 우리에게 기쁨과 위로를 줄 수 있다는 것, 그래서 시집 한 권을 읽는 따뜻한 여유가 우리의 생활을 얼마나 더 풍요롭게 할 수 있는지를 알리고 싶었습니다. 그래서 영문학자가 아니라 저 역시 한 사람의 독자로서 제 개인적인 감상문을 짤막하게 달았을 뿐입니다.

시를 번역하는 사람은 시인이어야 한다는 말이 있습니다. 저는 시인이 아니지만 언감생심, 시를 번역한다는 부담을 안아보았습니다. 영한 대역이기 때문에 지나친 의역을 피하면서도 시처럼 읽히게 만들어야 한다는 것은 무척 큰 부담이었습니다.

불가피하게 시의 전문을 다 수록하지 못한 예도 꽤 많고, 축약 때문에 원문의 각운과 운율을 제대로 살리지 못한 경우도 있습니다. 부족한 지면에 독자의 마음에 다가갈 수 있는 시를 가능하면 많이 소개하고, 비전공자인 독자들이 좀 더 접근하기 쉽도록 하기 위함이었다는 변명을 해봅니다 (생략된 부분은 시의 원문에 생략부호(...)로 표시되어 있으며, 시의 전문을 참고하고 싶은 독자들은 www.google.com의 검색창에 영문 제목과 시인의 이름을 넣어 확인하실 수 있습니다.)

끝으로 이 시집에 그림을 그려주신 화가 김점선 선생님께 감사하다는 말씀을 빼놓을 수 없습니다. 선생님의 그림은 한 마디로 아름다운 색채의 시입니다. 파격적이고 강렬하면서도 따뜻하고, 밝고 유쾌하면서도 환상적이고, 대담

하고 단순하면서도 섬세하고, 재미있고 순진무구하면서도
어딘지 모르게 애잔하고⋯ 가만히 보고 있노라면 이제껏
부끄러워 말 못하고 가슴에 숨겨놓은 이야기를 내게만 해
주겠다는 속삭임이 들리는 것 같습니다. 그것은 바로 시인
들이 시를 쓰는 이유이기도 하지요.

그래서 이렇게 아름다운 시와 아름다운 그림이 있는 '세
상에서 제일 아름다운 책'을 보고 누군가 단 한 사람이라도
기쁨과 위안을 얻는다면, 아마 저는 세상에서 제일 행복한
사람이 될 겁니다.

2006년 봄
장영희

이 아침, 축복 같은 꽃비가…

《축복》 출간에 부쳐

"1년 동안 함께 살던 사랑하는 사람과 헤어지는 것 같아 아쉽고, 앞으로도 그리워할 것 같아요. 하지만 어차피 헤어지려면, 조금은 아쉬운 마음이 있을 때 헤어지는 게 나을 것 같아요."

지난 1년간(2004년 7월~2005년 5월) 조선일보에 '영미시 산책'을 연재해온 장영희 서강대 교수. 신문에 실린 그의 시선詩選과 해설을 오려두고 모은다는 독자들, 시 읽기 모임을 꾸려간다는 주부들, 영어 스터디 교재로 쓴다는 학생들, 연애편지에 끼워 보낸다는 연인들, 자녀들에게 오려서 보낸다는 부모들… 그의 독자들은 그야말로 남녀노소 총망라다.

그는 마지막 원고에서 막 손을 털었다며 서운하면서도
홀가분한 표정이었다.

—지난 1년간 연재하신 '장영희의 영미시 산책'은 정말
뜨거운 반응을 얻었지요. 영시英詩란 건 영문학도들이나 읽
는 것인 줄 알았는데, 일반 독자들이 그렇게 많았던 이유가
뭘까요?

"일간지에서 시도한 영미시 산책이라는 기획 자체가 신
선했던 것 같아요. 신문은 사실적 정보만을 주로 다루잖아
요. 그만큼 독자들 속에 시를 읽고 싶은 마음, 딱딱한 '사실'
이 아니라 마음의 소통을 접하고 싶은 의지가 숨어 있었던
게 아닐까요. 그렇지만 일부러 책방에 가거나 시를 찾아서
읽게 되지 않잖아요. 신문은 누구나 다 보는 매체고요. 특히
시를 통해 위로 받는다는 분들이 많았지요."

—시詩가 희망을 찾아주는 역할을 하나 보지요.

"그럼요. 시는 기쁜 마음은 더욱 기쁘게 하고 아픈 마음
은 보듬고 치유해주는 능력을 갖고 있으니까요. 그런데 아
무래도 제가 힘들고 아플 때라 그런지 희망에 관한 시를 많
이 골랐나 봐요.

—선생님은 이제껏 계속 항암치료 중에 영미시 산책을 쓰셨잖아요. 어떻게 견디십니까?

"재미있는 것은, 항암치료도 자격을 필요로 해요. 단단히 맘먹고 치료를 받으러 갔는데 백혈구 지수가 낮게 나와서 치료를 못 받는 경우가 더 많았어요. 그게 제일 안타까웠지요. 방사선 치료 때도 힘들었고요. 척추에 방사선을 쪼이면 식도가 탑니다. 물 한 방울만 먹어도 마치 칼을 삼키는 듯 그 고통은 이루 말할 수 없었습니다. 새벽에 먼동이 뿌옇게 밝아오는 창밖을 보면 오늘 하루를 또 어떻게 보내나, 참으로 한심했지요. 그렇지만 오늘 하루만 성실하게 최선을 다해 다시 살아보자, 그러면 내일은 나아지겠지, 그런 희망으로 살았습니다. 그렇게 하루하루가 쌓이다 보면 고통이 끝날 때가 있으리라고 믿었어요."

　—이제 칼럼을 끝내고 나면 무얼 하실 건가요.

"일단은 항암치료를 끝내야겠지요. 아직 반 정도밖에 치료를 받지 못했거든요. 그리고 이 시들로 정말 예쁜 그림이 들어가는 아름다운 책을 만들고 싶어요…."

위 글은 2005년 5월 말, 조선일보에 1년간 연재하던 '장영희의 영미시 산책'을 끝낼 때 박해현 기자님이 쓰신 '본지 칼럼 끝내는 장영희 교수'라는 제목의 기사 중 일부를 발췌한 것입니다. 지금 이 기사를 읽어보니 참으로 신기합니다. 정말 그렇게 하루하루가 쌓이는 동안 모두 스물네 번의 항암치료가 끝나고, 정말로 이렇게 예쁜 그림이 들어간 예쁜 책을 만들고 있습니다. 끝이 없는 것처럼 보이던 고통이었지만, 분명 끝이 있었습니다.

이 책은 지난 4월(2006년) 출간된《생일 : 사랑이 내게 온 날 나는 다시 태어났습니다》의 후편입니다. '장영희의 영미시 산책' 칼럼에서《생일》은 사랑을 주제로 한 시를, 그리고 이 책은 희망을 주제로 한 시를 모은 것입니다. 입원 중에 집필한 글들이어서 그런지 유독 희망을 주제로 한 시들이 많았습니다.

한 달 전쯤인가요, 이 책의 교정을 보고 있는데 출판사 편집부에서 전화가 왔습니다.

"선생님, 이 책은 희망에 관한 시들을 모았으니까 제목을 '희망'으로 하면 되겠지요?"

"그렇게 하도록 하세요."

전화를 끊고 나서 생각했습니다. 희망에 관한 시들이니

까 '희망'이라는 제목을 준다? 그것은 암만 생각해도 너무 멋대가리 없고 밋밋하다는 생각이 들었습니다. 사전적으로는 맞는 말이지만, 운치 없고 재미없습니다. 아니, 무엇보다 시집의 제목인데 너무 '시적'이지 못합니다.

왜냐하면 시는 그렇게 사전적이고 직접적으로 말하는 것이 아닙니다. 사랑하는 마음을 단순간결하게 '사랑해요'라고 말하는 것은 효율적일지는 몰라도, 그런 '선언'으로는 마음의 신비를 절대 전할 수 없습니다. 시는 정보 위주의 선전문구가 아니기 때문입니다. 책상을 보고 그냥 '이건 책상이다'라고 말하는 것은 시가 될 수 없지요. 그 책상에서 친구와 함께 공부했던 추억, 그 친구의 얼굴, 그 시간의 소중함을 떠올리며 그 책상에 대해 마음과 이미지로 말하는 것이 바로 시입니다. 그래서 시는 가까이 얼굴을 맞대고 웅변으로 말하기보다는 한발 물러서서 조그만 소리로 말하는 것, 신작로처럼 뻥 뚫린 길을 놔두고 향기로운 오솔길로 가는 것과 마찬가지입니다.

그래서 시인 칼 샌드버그Carl Sandburg는 시란 문을 활짝 열고 안을 들여다보는 것이 아니라 살짝 문을 열었다 닫고 그 안에 무엇이 있는지 상상하는 것이라고 했습니다. 그러니 희망을 그냥 '희망'이라고 말하는 것은 문을 활짝 열고 들여다보는 것과 마찬가지이지요.

이리저리 생각하다가 마땅한 아이디어가 떠오르지 않아 늘 나의 마지막 보루인 우리 학생들의 도움을 받기로 했습니다. 그래서 수업 시간에 학생들에게 물었습니다. 너희에게 희망을 연상하게 하는 것으론 무엇이 있을까?

등대, 풀꽃, 새벽, 36.5(사람의 체온), 새봄, 하늘… 등등 학생들은 여러가지 재미있는 제안을 했지만, 딱 이거다 싶은 것은 없었습니다. 제목으로서 너무 평이하거나 금방 마음에 와 닿지 않았습니다.

그래서 이 책의 제목에 대해서 무던히도 고심했습니다. 밥을 먹을 때나 잠을 잘 때나 늘 생각해봐도 뾰족한 수가 없었습니다. 그러다가 며칠 전 책상에서 문득 사서함 주소가 적힌 봉투 하나를 발견했습니다. 제게 오는 사서함 주소의 대부분은 재소자들의 편지입니다. 몇 달 전에 온 이 편지도 예외가 아니었습니다. 청송교도소에 수감되어 있는 재소자였습니다. 선생님이 병중에 있다는 것을 신문에서 읽었다는 말, 평소에 선생님 글을 좋아했는데 참 안타깝다는 말, 용기를 가지라는 말 등을 달필로 적어 내려가다가 그분은 이렇게 결론을 내리고 있었습니다.

"선생님, 절대 희망을 버리지 마세요. 이곳에서 제가 드릴 수 있는 선물은 이것밖에 없습니다. 희망을 가질 수 있다는 것, 그것처럼 큰 축복이 어디있겠어요."

축복—갑자기 내 머리위로 향기로운 꽃 폭죽이 터지듯, 그냥 듣기만 해도 마음을 기쁘고 설레게 하는 말입니다. 그런데 희망이 축복? 그렇구나, 희망도 축복이구나, 불현듯 생각났습니다. 이 책의 제목을 '축복'으로 해야겠다고 마음먹었습니다. 아닌게아니라 '장영희의 영미시 산책'이 신문에 나갈 때 계절마다 간판을 다르게 달았는데, 봄철 간판이 '이 아침, 축복 같은 꽃비가'였습니다. 그런데 저는 희망이 축복이라는 생각은 미처 하지 못했습니다. 하지만 생각해 보니 그것은 분명 축복입니다. 어쩌면 신이 우리에게 준 최대의 축복입니다. 희망을 가짐으로써 내가 더 아름다워지고, 그리고 그렇게 아름다워진 내가 다시 누군가를 축복하고(축복은 늘 내가 나 스스로에게가 아니라 남에게 주는 것이기에), 그래서 더 눈부신 세상을 만나고 더 아름답게 살아가라고 신이 내리신 축복 말입니다.

그래서 이 책에 수록된 50편의 시를 읽는다는 것은 마치 그런 축복으로 가는 통로를 걷는 일과 같습니다. 영문학사에 길이 남을 시인들이 우리에게 주는 희망의 메시지들이니까요. 19세기 시인이자 사상가인 에머슨Ralph Waldo Emerson이 재미있는 말을 했습니다. "사람들은 시를 읽어보지도 않고 스스로 자기가 시를 싫어한다고 생각한다. 그러나 인간이면 그 누구나 다 시인이다." 마찬가지로 우리는 우리가 공짜로 누리는 축복, 우리 안의 희망의 소리를 듣지도 않고 희망이 없다고 생각하기 일쑤입니다.

이 책에 있는 시들이 시를 잃어버린 마음에게 시를 찾아주고, 희망이 부족한 사람에게 희망을 채워주어서 우리 모두를 희망을 노래하는 시인으로 만들어주기를 소망해봅니다. 그래서 우리의 삶이 축복으로 가득해질 때까지….

이 책에 제목을 주신 그분께, 그리고 이제껏 제 삶을 희망으로 축복해주신 모든 분들께 감사드립니다.

2006년 7월
축복 같은 꽃비가, 아니 꽃비 같은 축복이 내리는 이 아침에
장영희

3

내겐 당신이 있습니다. 내 부족함을 채워주는 사람 — 당신의 사랑이
쓰러지는 나를 일으킵니다. 내게 용기, 위로, 소망을 주는 당신. 내가
나를 버려도 나를 포기하지 않는 당신. 내 전생에 무슨 덕을 쌓았는
지, 나는 정말 당신과 함께할 자격이 없는데, 내 옆에 당신을 두신 신
에게 감사합니다. 나를 사랑하는 이가 이 세상에 존재한다는 것, 그것
이 내 삶의 가장 커다란 힘입니다.

그대 만난 뒤에야 내 삶은 눈떴네

A Birthday

My heart is like a singing bird

Whose nest is in a watered shoot;

My heart is like an apple-tree

Whose boughs are bent with thickset fruit;

My heart is like a rainbow shell

That paddles in a halcyon sea;

My heart is gladder than all these

Because the birthday of my life

Is come, my love is come to me…

생일

내 마음은 물가의 가지에 둥지를 튼
한 마리 노래하는 새입니다.
내 마음은 탐스런 열매로 가지가 휘어진
한 그루 사과나무입니다.
내 마음은 무지갯빛 조가비,
고요한 바다에서 춤추는 조가비입니다.
내 마음은 이 모든 것들보다 행복합니다.
이제야 내 삶이 시작되었으니까요.
내게 사랑이 찾아왔으니까요.

누군가 내게 불쑥 내미는 화려한 꽃다발 같은 시입니다.

진정한 생일은 육신이 이 지상에서 생명을 얻은 날이 아니라 사랑을 통해 다시 태어난 날이라고 노래하는 시 〈생일〉. 글을 쓸 수 있기 전에 이미 시를 썼다는 크리스티나 로제티가 스물일곱 살 때 쓴 시입니다. 사랑에 빠진 시인의 마음은 환희와 자유의 상징인 새, 결실과 충만의 상징인 사과나무, 평화와 아름다움의 상징인 고요한 바다와 같이 너무나 행복하고 가슴 벅차서, 스물일곱 나이가 까마득히 먼 꿈이 되어버린 내 마음까지 덩달아 사랑의 기대로 설렙니다.

내 육신의 생일은 9월이지만, 사랑이 없으면 생명이 없는 것이라는 〈생일〉을 읽으며, 나도 다시 한 번 태어나고픈 소망을 가져봅니다. 저 눈부신 태양을 사랑하고, 미풍 부는 하늘을 사랑하고, 나무와 꽃과 사람들을 한껏 사랑하고, 로제티처럼 "My love is come to me!"라고 온 세상에 고할 수 있는 아름다운 4월의 '생일'을 꿈꾸어봅니다.

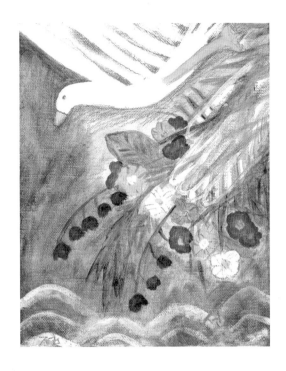

크리스티나 로제티 Christina Rossetti   1830-1894

영국의 시인. 따뜻한 감정과 사랑의 정신을 표현한 아름다운 연시를 남겼다. 폐
결핵, 신경통, 협심증, 암 등에 시달렸지만 종교적 경건과 헌신 속에 살았고, 독
신으로 일생을 마쳤다. 20세기 초 모더니즘의 열풍으로 잊혔다가 1970년대 페
미니즘 학자들에게 재평가되었다.

내 나이 스물하고 하나였을 때

When I Was One-And-Twenty

When I was one-and-twenty
I heard a wise man say,
"Give crowns and pounds and guineas
But not your heart away."
But I was one-and-twenty,
No use to talk to me…
"The heart out of the bosom
Was never given in vain;
'Tis paid with sighs a-plenty
And sold for endless rue."
And I am two-and-twenty
And oh, 'tis true, 'tis true.

내 나이 스물하고 하나였을 때

내 나이 스물하고 하나였을 때
어느 현명한 사람이 말했지요.
"크라운, 파운드, 기니는 다 주어도
네 마음만은 주지 말아라."
하지만 내 나이 스물하고 하나였으니
아무 소용없는 말이었지요.
"마음으로 주는 사랑은
늘 대가를 치르는 법.
그것은 하많은 한숨과
끝없는 슬픔에 팔린단다."
지금 내 나이 스물하고 둘
아, 그건, 그건 정말 진리입니다.

아, 사랑은 달콤하지만 너무 아픕니다. 스물한 살 우리 조카가 사랑에 빠졌습니다. 말수가 줄어들고, 혼자 있기를 좋아하고, 눈은 피안의 세계를 향한 듯 허공을 헤매고…. 맞습니다, 바로 짝사랑의 징후이지요.

하우스먼이 특별한 의미를 부여하고 있는 나이, 스물한 살. 성년이면서도 아직은 삶의 경험이 부족하고, 인생에서 가장 아름다우면서도 고뇌에 차 있는 역설적인 나이입니다. 시인이 만난 현자는 "네가 갖고 있는 보석과 돈은 다 주어도 마음만은 주지 마라, 결코 사랑을 하지 마라"고 충고합니다. 사랑은 너무나 슬프고 아프기 때문입니다.

하지만 준서야, 아파도 사랑해라. 사랑의 보답이 오직 눈물과 한숨뿐일지라도, 그래도 포기하지 말고 끝까지 사랑해라. 하우스먼은 시詩란 "상처받은 진주조개가 극심한 고통 속에서 분비 작용을 하여 진주를 만드는 일"이라고 했다. 마찬가지로, 사랑의 아픔을 겪고 나서야 너는 아름다운 영혼의 진주를 만들고 진정 아름다운 삶의 시를 쓸 수 있단다.

A. E. 하우스먼 A. E. Housman   1859-1936

영국의 고전학자이자 시인. 절제되고 소박한 문체로 낭만적 염세주의를 표현한
서정시를 썼다. 옥스퍼드 대학교를 졸업하고 대영박물관에서 11년간 독학으로
고전을 연구해 지식인 사회에 큰 영향을 끼쳤다. 생존 당시 뛰어난 고전학자였고
지금도 그의 업적은 높이 평가받고 있다. 런던 대학교와 케임브리지 대학교에서
라틴문학을 가르쳤다.

네 안엔 맑고 순수한 아이가 있지

The Man and the Child

It is the man in us who works;

Who earns his daily bread and anxious scans

The evening skies to know tomorrow's plans;

It is the man who hurries as he walks;

Who doubts his neighbor and who wears a mask;

Who moves in armor and who hides his tears…

It is the child in us who plays;

Who sees no happiness beyond today's;

Who sings for joy; who wonders, and who weeps;

Open and maskless, naked of defense,

Simple with trust, distilled of all pretense,

It is the child in us who loves.

어른과 아이

일하는 것은 우리 속에 사는 어른
밥벌이를 하고 내일을 계획하려
근심스럽게 저녁 하늘을 훑어보고
걸을 때 서두르는 것은 우리 속에 사는 어른
이웃을 의심하고 가면을 쓰고
갑옷 입고 행동하며 눈물을 감추는 것은 어른.

노는 것은 우리 속에 사는 아이
미래에서 행복을 찾지 않고
기쁨으로 노래하고, 경이로워하며 울 줄도 알고
가면 없이 솔직하고 변명을 하지 않고
단순하게 잘 믿고 가식도 전혀 없이,
사랑하는 것은 우리 속에 사는 아이.

아침마다 우리는 가면 쓰고 갑옷 입고 세상이라는 전쟁터로 나갑니다. 내 안의 순수한 마음, 남을 믿는 마음, 경이로움을 느낄 줄 아는 마음을 억누르고 무관심과 무감각의 갑옷으로 단단히 무장한 다음, 삶이라는 커다란 용과 싸우러 나갑니다.

밥벌이를 위해 서둘러 걷고, 남을 의심하고 또 미워하고, 내가 한 발짝이라도 더 올라서기 위해 남을 무시하고 짓밟기도 합니다. 저녁이 되면 오늘의 싸움에 만족하지 못하고 근심스러운 마음으로 다시 내일의 전투 계획을 짭니다.

오늘의 행복은 미래를 위해 접어두고, 가끔씩 왠지 사는 게 서글퍼져 눈물이 날라치면 매몰차게 마음을 다잡고, 다시 딱딱한 갑옷 입고 총알 쏟아지는 적진으로 들어갑니다.

그래서 가면 없이 솔직하고, 기쁨으로 노래하고 사랑하기 좋아하는 내 안의 아이는 참 살기가 힘듭니다.

앤 머로 린드버그 Anne Morrow Lindbergh   1907-2001

미국의 시인이자 비행사. 섬세한 표현과 오묘한 통찰력을 담은 많은 작품을 발표했으며 엘리자베스 몬태규상, 매리 어거스타 조던 문학상 등을 수상했다. 문학뿐만 아니라 비행에도 조예가 깊어 남편인 찰스 A. 린드버그와 함께 64000킬로미터를 비행했고, 세계 최초로 오대륙을 건너는 데 성공했다. 1993년에는 항공 우주 분야에 기여한 공로로 항공 우주 탐험가상을 수상했다.

3월님, 잘 지내셨나요

MARCH

Dear March, come in!

How glad I am!

I looked for you before.

Put down your hat—

You must have walked—

How out of breath you are!

Dear March, how are you?

And the rest?

Did you leave Nature well?

Oh, March, come right upstairs with me,

have so much to tell.

3월

3월님이시군요, 어서 들어오세요!

오셔서 얼마나 기쁜지요!

일전에 한참 찾았거든요.

모자는 내려놓으시지요—

아마 걸어오셨나 보군요—

그렇게 숨이 차신 걸 보니.

그래서 3월님, 잘 지내셨나요?

다른 분들은요?

'자연'은 잘 두고 오셨어요?

아, 3월님, 바로 저랑 이층으로 가요.

말씀드릴 게 얼마나 많은지요.

겨우내 기다리던 3월입니다. 인디언 달력에서 3월은 '마음을 움직이게 하는 달', '한결같은 것은 아무것도 없는 달'로 묘사합니다. 봄인가 하면 눈 폭풍이 불고, 아직 겨울인가 하면 어느새 미풍에 실린 햇살이 눈부십니다.

작년 이맘때 왔다가 눈 깜짝할 새 가버렸던 3월, 1년 만에 다시 찾아와주니 무척 반갑습니다. 그런데 그저 잠깐만 들르려고 급히 떠나왔는지 헐레벌떡 숨차합니다. 시인은 3월을 조금이라도 더 머물게 하려고, 모자를 내려놓고 자리잡으라고 권합니다. 1년 동안 쌓인 얘기를 나누자고 이층으로 안내하기도 합니다.

하지만 3월이 오래 머물 것 같지는 않습니다. 저 멀리 들려오는 꽃 소식만 전하고 3월은 곧 우리 곁을 다시 떠나가겠지요.

에밀리 디킨슨 Emily Dickinson   1830-1886

미국의 시인. 자연과 사랑, 청교도주의를 바탕으로 죽음과 영원 등의 주제를 담은 시들을 남겼다. 평생을 칩거하며 독신으로 살았고, 시 창작에 전념했다. 죽은 후에야 2000여 편의 시를 쓴 것이 알려졌다. 19세기 낭만파보다 형이상학파에 가까운 작품 세계로, 19세기에는 크게 인정받지 못했다. 그러나 20세기에 들어 이미지즘, 형이상학적 시 유행이 시작되면서 높은 평가를 받았다.

세상엔 공짜가 없으니…

Barter

Life has loveliness to sell,
All beautiful and splendid things,
Blue waves whitened on a cliff…
And children's faces looking up
Holding wonder like a cup.
Music like a curve of gold,
Scent of pine trees in the rain,
Eyes that love you, arms that hold…
Spend all you have for loveliness,
Buy it and never count the cost…
And for a breath of ecstasy
Give all you have been, or could be.

물물교환

삶은 아주 멋진 것들을 팝니다,
한결같이 아름답고 훌륭한 것들을.
벼랑에 하얗게 부서지는 푸른 파도
잔처럼 경이로움을 가득 담고
쳐다보는 아이들의 얼굴.
금빛으로 휘어지는 음악소리
비에 젖은 솔 내음
당신을 사랑하는 눈매, 보듬어 안는 팔,
전 재산을 털어 아름다움을 사세요.
사고 나서는 값을 따지지 마세요.
한순간의 환희를 위해
당신의 모든 것을 바치세요.

이 시가 기록되어 있는 티즈데일의 원고 가장자리에는 "삶은 거저 주지 않고 판다(Life will not give but she will sell)"라고 씌어 있습니다. 이 세상 그 어떤 것도 공짜가 없는데, 아니, 우리가 세상에 공짜로 내놓는 게 없는데, 삶이라고 예외일 수는 없지요. 'Barter(물물교환)'라는 경제 용어를 사용해서 우리가 누리는 삶의 기쁜 순간들은 결국 교환적이며 보상적이라는 의미를 전하고 있습니다.

이 나이에도 삶에는 꼭 갖고 싶은 멋진 것들이 많이 있습니다. 그것들을 공짜로 바라는 내 태도에 문제가 있는지 모릅니다. "비에 젖은 솔 내음"을 얻기 위해서는 그 향기와 아름다움을 느낄 줄 아는 마음을 내놓아야 하고, "당신을 사랑하는 눈매"를 사기 위해서는 내가 사랑하는 눈매를 주어야 한다는, 아주 간단한 '물물교환'의 법칙을 잊고 살았습니다. 치사하게 내가 준 것만 조목조목 값을 따지고, 공짜로 얻은 것은 당연히 여기고 살았습니다.

새러 티즈데일 Sara Teasdale   1884~1933

미국의 시인. 고전적 단순성, 차분한 강렬함이 있는 서정시로 주목받았다. 〈사랑의 노래(Love Songs)〉(1917)로 퓰리처상을 수상했다. 시집으로는 《두스에게 보내는 소네트 외(Sonnets to Duse and Other Poems)》(1907)를 비롯하여, 《바다로 흐르는 강(Rivers to the Sea)》(1915), 《불길과 그림자(Flame and Shadow)》(1920), 《별난 승리(Strange Victory)》(1933) 등이 있다.

너는 나에게 나는 너에게…
'의미'가 되고 싶다

I'm Nobody

I'm Nobody! Who are You?

Are you—Nobody—too?

Then there's a pair of us!

Don't tell!

They'd banish us—you know!

How dreary—to be—Somebody!

How public—like a frog—

To tell your name—

the livelong June—

To an admiring bog!

무명인

난 무명인입니다! 당신은요?
당신도 무명인이신가요?
그럼 우리 둘이 똑같네요!
쉿! 말하지 마세요.
쫓겨날 테니까 말이에요.

얼마나 끔찍할까요, 유명인이 된다는 건!
얼마나 요란할까요, 개구리처럼
긴긴 6월 내내
찬양하는 늪을 향해
개골개골 자기 이름을 외쳐대는 것은.

모든 사람들이 환영하고 떠받드는 유명인, 즉 'Somebody' 가 되는 것은 마치 여름날 개구리가 와글와글 떠들어대는 것과 같이 의미 없고 허무한 일이라고 시인은 말합니다. 선거에 당선되기 위해 목이 터져라 이런 저런 슬로건을 부르짖는 일, 기계적으로 박수치며 입에 발린 말로 찬양하는 청중 앞에서 와글와글 자기 이름을 외쳐대는 일은 얼마나 끔찍할까요.

미국 듀크 대학의 농구 감독 시셉스키는 모든 농구 지도자들의 꿈인 NBA 챔피언, LA 레이커스 팀의 감독직을 고사했습니다. 제자로부터 "한 명의 선수는 단지 손가락 한 개에 불과하지만, 다섯 명으로 뭉치면 단단한 주먹이 된다는 소중한 교훈을 가르쳐주신 감독님, 감독님의 지도와 격려를 받기 위해 이 학교에 왔습니다. 저희의 감독님으로 남아주십시오"라는 편지를 받았기 때문이랍니다.

대중이 권력과 부로 찬양하는 'Somebody'보다는 단 한 사람이라도 마음으로 맞아주는 'Somebody'로 남기를 택한 것이겠지요.

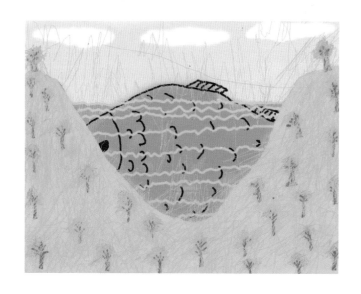

에밀리 디킨슨 Emily Dickinson   1830-1886

미국의 시인. 자연과 사랑, 청교도주의를 바탕으로 죽음과 영원 등의 주제를 담은 시들을 남겼다. 평생을 칩거하며 독신으로 살았고, 시 창작에 전념했다. 죽은 후에야 2000여 편의 시를 쓴 것이 알려졌다. 19세기 낭만파보다 형이상학파에 가까운 작품 세계로, 19세기에는 크게 인정받지 못했다. 그러나 20세기에 들어 이미지즘, 형이상학적 시 유행이 시작되면서 높은 평가를 받았다.

진짜 사랑은 따로 또 같이

The Good-Morrow

And now good morrow to our waking souls,

Which watch not one another out of fear;

For love all love of other sights controls,

And makes one little room an everywhere.

Let sea-discoverers to new worlds have gone,

Let maps to other, worlds on worlds have shown,

Let us possess one world; each hath one, and is one.

새 아침

사랑에 눈뜨는 우리 영혼에 새아침이 밝았습니다.
우린 이제 두려움으로 서로를 바라보지 않습니다.
사랑은 다른 곳에 한눈파는 걸 싫어하고
아주 작은 방이라도 하나의 우주로 만드니까요.
해양탐험가들은 마음껏 신세계로 가라고 해요.
다른 이들은 지도로 딴 세상 가보라고 하고요.
우리는 하나의 세계. 각자가 하나이고 함께 하나이니.

사랑에 눈뜬다는 것은 축복입니다. 새롭게 태어나는 것과 마찬가지니까요. 함께 있으면 마치 우주를 다 가진 듯 하나도 부족함이 없는 것, 다른 곳에 한눈팔지 않고 둘만이 하나의 세계를 이루는 것, 그것이 사랑입니다.

그렇다고 서로를 소유하는 것이 사랑은 아닙니다. 각자가 하나의 세계를 가지고 둘이 하나가 되는, 그런 사랑이 진실한 사랑입니다.

존 던은 다른 시에서 "나는 두 가지 바보이다. 사랑하기 때문에, 그리고 사랑한다고 말을 하기 때문에"라고 말합니다. 똑똑한 사람들은 사랑을 하지 않고, 사랑한다 해도 마음속에만 숨겨놓고 입 밖에 내지 않는다는 뜻이지요. 시인이 말하는 것처럼 각자 하나이고 함께 하나 되는 사랑을 하고, '사랑합니다'라는 말을 아끼지 않는 '두 가지 바보'가 되어보면 어떨까요.

그런데 이 세상에는 똑똑한 사람들이 너무 많은 것 같습니다.

존 던 John Donne   1572-1631

영국의 시인이자 성직자. 형이상학파 시인의 일인자로 T. S. 엘리엇, 윌리엄 버틀러 예이츠 등 20세기 현대 시인에게 깊은 영향을 끼쳤다. 가난과 정신적 고통 속에서도 명시 〈신성 소네트(Holy Sonnet)〉를 썼다. 마흔세 살에 사제 서품을 받은 이후 평생을 성 바올로 대성당의 사제장으로 살았으며, 국왕 앞에서 설교하기도 했다. 그의 설교는 17세기의 설교 중 가장 뛰어난 것으로 손꼽힌다.

'사랑해요'의 반대말은…

Pity Me Not

Pity me not the waning of the moon,

Nor that the ebbing tide goes out to sea,

Nor that a man's desire is hushed so soon…

This have I known always: love is no more

Than the wide blossom which the wind assails…

Pity me that the heart is slow to learn

What the swift mind beholds at every turn.

가여워 마세요

날 가여워 마세요, 달이 이지러진다고,
썰물이 바다로 밀려간다고,
한 남자의 사랑이 그토록 쉬 사그라진다고.
나는 알지요, 사랑이란 바람 한번 불면
떨어지고 마는 활짝 핀 꽃일 뿐이란 걸.
계산 빠른 머리는 언제나 뻔히 아는 것을
가슴은 늦게야 배운다는 것, 그것만 가여워하세요.

자연의 변화무쌍함과 인생의 무상함을 허무한 사랑과 연인의 변덕스러움에 비유하고 있는 시입니다. 연인이 떠났다는 사실을 머리(mind)는 잘 알지만, 가슴(heart)은 여전히 그걸 인정하지 못하고 그 사랑에 연연해 하며 아파합니다.

오늘 문득 제자 승은이가 물었습니다.

"선생님, '사랑해요'의 반대말이 뭔지 아세요?"

"'미워해요'인가?" 내가 말했습니다.

"아니요."

"그럼 '싫어해요'?"

"그것도 아니에요. 답은 '사랑했어요'예요. '미워해요'는 그래도 관심을 나타내지만 떠난 사람은 아무 관심도 없잖아요."

슬프게 말하는 승은이를 가여워할 필요는 없습니다. 시간이 흐르면 승은이는 '사랑해요'의 반대말이 '사랑했어요'가 아니라는 것을 깨달을 겁니다.

나이가 들수록 자꾸 계산하는 머리만 커지고 가슴은 메말라가면, 과거의 사랑했던 기억이 얼마나 소중한지 깨닫게 될 테니까요.

에드너 St. 빈센트 밀레이 Edna St. Vincent Millay   1892~1950

미국의 시인이자 극작가. 소네트에서 진가를 발휘했다. 대담할 정도의 관능적
표현, 시대정신에 걸맞은 새로운 자유와 모럴(moral)을 생활 속에서 실천했고,
그중에서도 여성 인권의 신장을 요구하는 페미니스트로 적극적인 활동을 펼쳤
다. 낸시 보이드라는 필명으로도 활동하기도 했다. 1923년 시 〈하프 위버의 발
라드(The Ballad of the Harp-Weaver)〉로 퓰리처상을 수상했다. 여성 시인으
로 세 번째 수상이었다.

사랑만을 위해 사랑해주세요

If Thou Must Love Me

If thou must love me, let it be for nought
Except for love's sake only. Do not say
  'I love her for her smile—her look—her way
Of speaking gently'… Neither love me for
Thine own dear pity's wiping my cheeks dry—
A creature might forget to weep, who bore
Thy comfort long, and lose thy love thereby!
But love me for love's sake, that evermore
Thou may'st love on, through love's eternity.

당신이 날 사랑해야 한다면

당신이 날 사랑해야 한다면 다른 아무것도 아닌 오직
사랑만을 위해 사랑해주세요. 이렇게 말하지 마세요.
'그녀의 미소와 외모와 부드러운 말씨 때문에
그녀를 사랑해.' 연민으로 내 볼에 흐르는 눈물
닦아주는 마음으로도 사랑하지 마세요.
당신 위로 오래 받으면 우는 걸 잊고
그래서 당신 사랑까지 잃으면 어떡해요.
그저 오직 사랑만을 위해 사랑해주세요. 사랑의
영원함으로 당신이 언제까지나 사랑할 수 있도록.

측은한 마음이나 연민이 아니라 아무런 조건도 붙지 않는 사랑, 오직 사랑만을 위해서 사랑해달라는 시인—영문학사상 가장 유명한 로맨스의 주인공입니다. 장애인이자 시한부 인생이었던 엘리자베스 배럿이 주위 사람들의 반대를 무릅쓰고 여섯 살 연하 젊은 시인 로버트 브라우닝의 열렬한 구애를 받아들이며 쓴 시입니다.

또 다른 유명한 시에서 "신이 허락하신다면 죽은 뒤에 당신을 더욱 사랑하겠습니다"라고 말하는 시인, 이승의 시간이 부족해서 죽은 뒤에까지 사랑하겠다는 시인에게 신은 더 많이 사랑할 수 있는 지상에서의 시간을 허락하셔서, 둘은 15년간 행복한 결혼생활을 합니다.

'오직 사랑만을 위한 사랑'의 힘이 생명의 힘까지 북돋운 것이지요.

엘리자베스 배럿 브라우닝 Elizabeth Barret Browning   1806-1861

영국의 시인. 18세기의 가장 유명한 시인 중 한 명이다. 신체적 장애로 집에 감금되는 고난을 겪었다. 그러나 여섯 살 연하의 시인 로버트 브라우닝이 그녀를 구출하며 서른아홉 살에 그와 결혼하였고 평생을 함께 피렌체에서 살았다. 남편을 향한 열정을 담은 연애시 〈포르투갈인이 보낸 소네트(Sonnets from the Portuguese)〉(1850)는 그녀의 대표시로 일컬어진다.

당신은 삽으로 사십니까, 숟가락으로 사십니까

The Love Song of J. Alfred Prufrock

…And indeed there will be time

To wonder, "Do I dare?" and, "Do I dare?"

Time to turn back and descend the stair,

with a bald spot in the middle of my hair…

Do I dare

Disturb the universe?

In a minute there is time

For decisions and revisions which a minute will reverse…

For I… have known the evenings, mornings, afternoons,

I have measured out my life with coffee spoons…

J. 앨프리드 프러프록의 연가

정말이지 시간은 있으리라,
"한번 해볼까?" "한번 해볼까?" 하고 생각할.
정수리에 대머리 반점 하나 이고
되돌아서 층계를 내려갈 시간이.
내가 한번
천지를 뒤흔들어볼까?
일분도 시간은 시간이다
결정을 뒤바꾸고 수정할 수 있는 시간.
나는 저녁과 아침과 오후의 일상을 알고 있다.
나는 내 삶을 커피 스푼으로 재왔기에.

〈J. 앨프리드 프러프록의 연가〉의 주제는 한마디로 '어느 중년 남자의 연애망상'이라고 할 수 있습니다. 무의미한 나날의 연속, 그러면서도 한치 여유도 없는 삶, 어느 날 문득 거울을 보니 머리털은 빠지고 팔다리는 가늘어지며 자신만만하던 청년의 모습은 온데간데없습니다. 이 나이에 나도 사랑할 수 있을까? 한껏 멋을 내고 거리로 나가봅니다. 한번 천지를 뒤흔들 일을 해볼까? 그러나 소심한 나는 그저 하루하루 의미 없는 일상을 사는 데에만 익숙할 뿐, 여전히 자신이 없습니다.

남의 인생은 커다란 숟갈로, 아니 삽으로 측량해야 할 만큼 스케일이 크고 멋있고 위대해 보입니다. 그러나 내 삶은 겨우 조그마한 티스푼으로 떠내도 족할 만큼 작고 일상적이고 시시합니다. 하루에도 몇 번씩 천지를 뒤흔들 새로운 시작을 꿈꾸지만, 늘 여지없이 무너지곤 합니다.

하지만 커피 스푼으로 뜨든 삽으로 뜨든 인생은 다 거기서 거기, 한 잔 커피에도 삶의 향기는 있지 않을까요.

T. S. 엘리엇 T. S. Eliot   1888-1965

영국의 시인이자 평론가, 극작가. 미국 태생으로 영국에 귀화한 뒤 문단에서 활동
했다. 영국의 형이상학시와 프랑스 상징시의 영향을 받았으며 현대 문명의 퇴폐
상을 그린 작품을 다수 남겼다. 시집 《황무지(The Waste Land)》(1922)는 제1차
세계대전 이후 정신적 황폐와 현대 문명의 폭력성을 상징적으로 고발하였다. 이
는 20세기에서 빼놓을 수 없는 작품이 되었고, 낭만주의를 지나 형이상학파시의
시대로 입성하게 되는 기폭제가 되었다. 1948년 노벨문학상을 수상했다.

술은 입으로, 사랑은 눈으로…

A Drinking Song

Wine comes in at the mouth
And love comes in at the eye;
That's all we shall know for truth
Before we grow old and die.
I lift the glass to my mouth,
I look at you, and I sigh.

음주가

술은 입으로 들어오고
사랑은 눈으로 들어오네.
우리가 늙어서 죽기 전에
알게 될 진실은 그것뿐.
잔 들어 입에 가져가며
그대 보고 한숨 짓네.

한 잔 먹세그려 또 한 잔 먹세그려.

꽃 꺾어 술잔 세며 한없이 먹세그려.

죽은 후엔 거적에 꽁꽁 묶여 지게 위에 실려 가나,

만인이 울며 따르는 고운 상여 타고 가나 (매한가지)

억새풀, 속새풀 우거진 숲에 한번 가면 〔…〕

그 누가 한 잔 먹자 하겠는가?

무덤 위에 원숭이가 놀러와 휘파람 불 때

뉘우친들 무슨 소용 있겠는가?

송강松江 정철이 읊은 권주가입니다. 어차피 인생은 허무한 것이니 죽고 나서 후회하지 말고 술이나 마시자는 허무주의적 내용이지만, 시의 어조는 사뭇 낭만적이고 풍류적입니다.

예이츠가 노래하는 〈음주가〉의 풍류도 멋집니다. 아름다운 연인을 보며 술 한 잔 마시는 것, 그것이야말로 우리가 죽기 전에 누릴 수 있는 최고의 기쁨입니다. 그대를 보면 사랑이 절로 생기고, 사랑에 '눈뜨면' 이제껏 보이지 않던 것이 보입니다. 작은 풀꽃의 섬세함이, 나뭇잎의 푸른 광휘가, 그대의 미소가 모두 가슴 벅찬 사랑으로 느껴집니다.

사랑이 눈으로 들어오는 이 세상, 아! 멋진 인생입니다.

윌리엄 버틀러 예이츠 William Butler Yeats   1865-1939

아일랜드의 시인이자 극작가. 아일랜드의 전설과 민요를 작품에 폭넓게 수용하여 아일랜드 국민 시인으로 불렸다. 1891년, 아일랜드 문예협회를 창립하여 문예 부흥운동을 이끌었다. 아일랜드 독립 운동에 참여하였고, 아일랜드 독립 이후인 1922년부터 1928년까지 원로원 의원으로도 활동하였다. 20세기의 거장 중 한 명으로 평가되며 1923년에 노벨문학상을 수상했다.

내 옆에 당신을 두신
신神에게 감사합니다

Sonnet 29

When, in disgrace with fortune and men's eyes,

I all alone beweep my outcast state,

And trouble deaf heaven with my bootless cries,

And look upon myself, and curse my fate...

With what I most enjoy contented least;

Yet in these thoughts myself almost despising,

Haply I think on thee-and then my state,

Like to the lark at break of day arising

From sullen earth, sings hymns at heaven's gate;

For thy sweet love remembered such wealth brings

That then I scorn to change my state with kings.

소네트 29

운명과 세인의 눈이 날 천시할 때

나는 혼자 버림받은 신세를 슬퍼하고

소용없는 울음으로 귀머거리 하늘을 괴롭히고,

내 몸을 돌아보고 내 형편을 저주하나니

내가 가진 것에는 만족을 못 느낄 때,

그러나 이런 생각으로 나를 경멸하다가도

문득 그대를 생각하면, 나는

첫 새벽 적막한 대지로부터 날아올라

천국의 문전에서 노래 부르는 종달새.

그대의 사랑을 생각하면 곧 부귀에 넘쳐

내 운명, 제왕과도 바꾸지 아니하노라.

(피천득 옮김)

간혹 내가 싫어집니다. 못생기고 힘없고 아무런 재주도 없는 내가 밉습니다. 희망으로 가득 찬 사람들, 용모가 수려한 사람들, 권세 부리는 사람들 옆에서 나는 너무나 작고 미미한 존재입니다. 하루에도 몇 번씩 주저앉아 포기하고 싶은 마음이 생깁니다.

그러나 내겐 당신이 있습니다. 내 부족함을 채워주는 사람―당신의 사랑이 쓰러지는 나를 일으킵니다. 내게 용기, 위로, 소망을 주는 당신. 내가 나를 버려도 나를 포기하지 않는 당신. 내 전생에 무슨 덕을 쌓았는지, 나는 정말 당신과 함께할 자격이 없는데, 내 옆에 당신을 두신 신에게 감사합니다. 나를 사랑하는 이가 이 세상에 존재한다는 것, 그것이 내 삶의 가장 커다란 힘입니다.

당신이 존재하는 내 운명, 제왕과도 바꾸지 아니합니다.

윌리엄 셰익스피어 William Shakespeare   1564-1616

영국의 시인이자 극작가. 시대를 초월해 영문학사에서 가장 사랑받는 작가로 유명하다. 살아생전 19편의 작품을 발표했고, 1623년 동료들에 의해 미발표 원고 총 36편의 희곡과 시 등 불후의 명작을 전집으로 출판했다. 활동 초기인 1594년부터 1600년까지 〈사랑의 헛수고(Love's Labour's Lost)〉 〈한여름밤의 꿈(A Midsummer Night's Dream)〉 〈베니스의 상인(The Merchant of Venice)〉 등의 낭만 희극을 창작하였고, 1608년까지 대표작인 4대 비극 〈햄릿(Hamlet)〉 〈오델로(Othello)〉 〈맥베스(Macbeth)〉 〈리어왕(King Lear)〉을 발표했다.

여보, 고백할 게 있는데 말야…

This is Just to Say

I have eaten

the plums

that were in

the icebox

and which

you were probably

saving

for breakfast

Forgive me

they were delicious

so sweet

and so cold

다름 아니라

냉장고에
있던 자두를
내가
먹어버렸다오

아마 당신이
아침식사 때
내놓으려고
남겨둔 것일 텐데

용서해요, 한데
아주 맛있었소
얼마나 달고
시원하던지

이것도 시詩인가 생각할 수 있지만, 아주 유명한 시인의 유명한 시입니다. 아내가 아침 식탁에 내놓으려고 남겨놓았던 자두를 밤에 몰래 냉장고에서 꺼내 먹고 좀 미안한 생각이 들어 쪽지를 적어놓은 모양입니다. 일부러 남겨놓은 줄 알면서도 먹어버린 데 대한 약간의 죄의식, 그러면서도 몰래 먹는 것이어서 더 달고 시원하다고 말하는 품이 마치 몰래 장난쳐놓고 기둥 뒤에 숨어서 엄마를 엿보는 어린아이 같습니다.

아침상에 놓을 것이 없어져서 당황했다 해도 이런 쪽지를 보면 차마 화를 낼 수 없겠지요. 그래서 이렇게 장난기 섞인 고백을 하면 그저 눈 한번 흘기고 웃으며 용서해주리라는 편안함과 믿음이 시에 깔려 있습니다.

사실 시가 별건가요. 공자님은 "생각함에 있어 사악함이 없는 것〔思無邪〕"이 시라고 하셨지요. 이리저리 숨기고 눈치 보는 삶 속에서 한 번쯤 솔직하게 글로 내 착한 마음을 고백해보는 것, 그래서 상대방의 마음도 조금 열어보려고 노력하는 것, 그게 바로 시입니다.

윌리엄 칼로스 윌리엄스 William Carlos Williams   1883-1963

미국의 의사이자 시인. 과장된 상징주의를 배제한 객관주의 시를 표방했다. 펜실
베이니아 대학교 의학부를 졸업하고 고향인 뉴저지주 러더퍼드에 병원을 개업하
였다. 이후 의사 생활과 시 창작을 평생 병행하며 몰두하였다. 시집 《브뢰헬의 그
림 외(Pictures from Brueghel and Other Poems)》(1962)로 1962년에 퓰리처
상을 받았다. 일상의 언어로 엮어낸 5부작 서사시 〈패터슨(Paterson)〉이 잘 알려
져있다.

사랑은 화물기차

That Love Is All There Is

That Love is all there is,
Is all we know of Love;
It is enough, the freight should be
Proportioned to the groove.

이 세상에는 사랑뿐

이 세상에는 사랑밖에 없다는 것,
사랑에 대해 우리가 아는 건 그것뿐.
그러면 됐지. 한데 화물의 무게는 골고루
철길에 나누어져야 한다.

사랑에 관해서 독특하게 '화물기차의 비유'를 쓰고 있습니다. 화물의 무게가 철길에 골고루 안배되어야 탈선하지 않고 기차가 잘 달립니다. 사실 따져보면 이 세상에는 사랑이 아주 많습니다. 하지만 가끔 사랑이 많은 곳은 너무 많고, 없는 곳은 너무 없다는 생각을 해봅니다.

　우리는 모두 태어날 때 각자 마음속에 사랑 그릇 하나를 품고 나오는 게 아닌지요. 그릇이 넘치도록 너무 많은 사랑을 받으면 나도 모르게 자꾸자꾸 사랑 그릇을 넓혀 사랑받는 걸 당연히 여기고 사랑을 줄 줄 모르는 사람이 될지도 모릅니다. 사랑을 너무 못 받으면 사랑 그릇이 자꾸자꾸 오그라들어 나중에는 마음속 사랑 그릇을 아예 치워버릴지도 모릅니다. 사랑을 줄 수도, 받을 수도 없게 말입니다.

　인생기차에 내가 타고 가는 칸에만 사랑을 너무 많이 쌓아놓아 기차가 많이 흔들렸는지도 모르겠습니다. 꼬불꼬불한 삶의 철길 위를 안전하게 달려나가기 위해서는 멀리 보는 마음도 필요할 텐데요.

에밀리 디킨슨 Emily Dickinson   1830-1886

미국의 시인. 자연과 사랑, 청교도주의를 바탕으로 죽음과 영원 등의 주제를 담은 시들을 남겼다. 평생을 칩거하며 독신으로 살았고, 시 창작에 전념했다. 죽은 후에야 2000여 편의 시를 쓴 것이 알려졌다. 19세기 낭만파보다 형이상학파에 가까운 작품 세계로, 19세기에는 크게 인정받지 못했다. 그러나 20세기에 들어 이미지즘, 형이상학적 시 유행이 시작되면서 높은 평가를 받았다.

우리 서로 기대고 함께 걷기에

Which Are You?

There are two kinds of people on earth today…
Not the rich and the poor, for to rate a man's wealth,
You must first know the state of his conscience and health.
Not the humble and proud, for in life's little span,
Who puts on vain airs, is not counted a man.
Not the happy and sad, for the swift flying years
Bring each man his laughter and each man his tears.

No; the two kinds of people on earth I mean,
Are the people who lift, and the people who lean…
In which class are you? Are you easing the load,
Of overtaxed lifters, who toil down the road?
Or are you a leaner, who lets others share
Your portion of labor, and worry and care?

당신은 어느 쪽인가요

오늘날 세상엔 두 부류의 사람들이 있지요.
부자와 빈자는 아니에요. 한 사람의 재산을 평가하려면
그의 양심과 건강 상태를 먼저 알아야 하니까요.
겸손한 사람과 거만한 사람도 아니에요. 짧은 인생에서
잘난 척하며 사는 이는 사람으로 칠 수 없잖아요.
행복한 사람과 불행한 사람도 아니지요. 유수 같은 세월
누구나 웃을 때도, 눈물 흘릴 때도 있으니까요.

아니죠. 내가 말하는 이 세상 사람의 두 부류란
짐 들어주는 자와 비스듬히 기대는 자랍니다.
당신은 어느 쪽인가요? 무거운 짐을 지고
힘겹게 가는 이의 짐을 들어주는 사람인가요?
아니면 남에게 당신 몫의 짐을 지우고
걱정 근심 끼치는 기대는 사람인가요?

한 사람의 재산을 평가하려면 먼저 양심과 건강 상태를 알아야 한다. 짧은 인생 혼자 거들먹거리며 사는 이는 제대로 된 인간이 아니라고 말하는 시인의 지혜가 새삼스럽습니다.

그렇지만 세상 사람들은 짐을 들어주는 자와 남에게 짐을 지우고 기대는 자, 두 부류로 나누어진다는 말은 이해하기 힘듭니다. 우리네 인생살이는 끝없이 이어지는 고리가 아닌가요. 때로는 짐을 지우기도 하고, 또 때로는 대신 짐을 들어주기도 합니다. 아무리 돈과 권력이 많아도 남에게 기대서 도움을 청해야 할 때가 분명 있습니다.

그래서 '사람 인人'은 서로 비스듬히 기대서 받쳐주며 함께 걷는 모습이라고 하지요.

엘러 휠러 윌콕스 Ella Wheeler Wilcox   1850-1919

미국의 시인이자 작가, 저널리스트. 4남매 중 막내로 태어났으며 어린 시절부터 시 창작에 매료되었다. 고등학교를 졸업할 때까지 지역 시인으로 명성을 쌓았다. 결혼 후 영적 세계에 깊이 관심을 기울였고, 이에 바탕한 종교적인 시집과 이야기 시를 발표했다.

Jenny Kissed Me

Jenny kiss'd me when we met,

Jumping from the chair she sat in;

Time, you thief, who love to get

Sweets into your list, put that in!

Say I'm weary, say I'm sad,

Say that health and wealth have miss'd me,

Say I'm growing old, but add,

Jenny kiss'd me.

제니가 내게 키스했다

우리 만났을 때 제니가 내게 키스했다.
앉아 있던 의자에서 벌떡 일어나 키스했다.
달콤한 순간들을 가져가기 좋아하는
시간, 너 도둑이여, 그것도 네 목록에 넣어라!
나를 가리켜 지치고 슬프다고 말해도 좋다.
건강과 재산을 가지지 못했다고 말해도 좋고,
나 이제 점점 늙어간다고 말해도 좋다. 그렇지만,
제니가 내게 키스했다는 것, 그건 꼭 기억해라.

"시간, 너 도둑이여"라는 외침이 미몽을 깨웁니다. 화살처럼 빠르게 흘러가는 세월 속에서 우리는 젊음과 기력, 꿈과 야망을 잃어갑니다. 아니, 하나둘씩 속수무책으로 빼앗깁니다. 그리고 우리 삶의 모든 순간들을 기록하는 시간 속에서 종종 아름답고 달콤한 추억은 어렵고 힘든 추억에 가려집니다.

하지만 시인은 이 순간만은, 예기치 않게 제니가 벌떡 일어나 자기에게 키스했던 그 놀랍고 황홀했던 순간만은 절대로 잊지 않을 것이라고 다짐합니다. 속절없이 흐르는 시간을 막을 수는 없지만, 가슴속에 남는 아름다운 추억 하나는 덧없는 세월의 허무감을 물리치게 합니다. 황홀한 키스도 좋지만 누군가의 고마운 격려 한 마디, 예쁜 눈짓, 환한 미소, 이렇게 작지만 소중한 순간들을 마음속에 꼭꼭 담아두는 일만이 시간도둑에게 이기는 방법입니다.

리 헌트 Leigh Hunt   1784-1859

영국의 시인이자 비평가, 저널리스트. 문예 및 정치 주간지 《이그재미너(Examiner)》(1808~1821)를 창간했고, 정치, 사회 문제를 다루는 평론가인 동시에 당시 무명이었던 조지 고든 바이런 경, 퍼시 B. 셸리, 존 키츠 등을 세상에 널리 소개하였다. 장시 〈리미니 이야기(The Story of Rimini)〉(1816)로 많은 인기를 얻었다. 그중 〈아부 벤 아뎀(Abou Ben Adhem)〉, 〈제니가 내게 키스했다(Jenny Kissed Me)〉가 널리 애송되었다.

꿈이나마 그대 위해 깔아드리리

He Wishes for the Cloths of Heaven

Had I the heaven's embroidered cloths
Enwrought with golden and silver light
The blue and the dim and the dark cloths
Of night and light and the half-light,
I would spread the cloths under your feet:
But I, being poor, have only my dreams;
I have spread my dreams under your feet;
Tread softly because you tread on my dreams.

그는 하늘의 천을 소망한다

내게 금빛 은빛으로 수 놓인
하늘의 천이 있다면,
밤과 낮과 어스름으로 물들인
파랗고 희뿌옇고 검은 천이 있다면,
그 천을 그대 발밑에 깔아드리련만.
허나 나는 가난하여 가진 것이 꿈뿐이라
내 꿈을 그대 발밑에 깔았습니다.
사뿐히 밟으소서, 그대 밟는 것 내 꿈이오니.

소월의 〈진달래꽃〉 가운데 "가시는 걸음걸음 놓인 그 꽃을 사뿐히 즈려밟고 가시옵소서"와 이미지가 같다고 해서 우리에게 잘 알려진 시입니다. 이미지의 '표절' 이야기도 있습니다. 예이츠가 금빛 은빛으로 화려한 '하늘의 천'을 못 주는 대신 자신의 소중한 꿈을 사랑하는 임에게 바치는 모습, 그리고 소월이 자기를 버리고 떠나는 임에 대한 원망과 함께 축원의 마음으로 진달래꽃을 따다 한 아름 임의 발아래 까는 모습이 비슷하기도 합니다.

그렇지만 소월이 〈진달래꽃〉을 쓰기 전에 이 시를 읽은 적이 있는지, 그래서 이미지가 비슷해졌는지, 그런 것은 별로 중요하지 않습니다. 중요한 것은 동서양을 막론하고 사랑하는 사람에게 자신이 갖고 있는 최상의 것을 바치고 싶은 마음, 가장 낮은 자세로 자신을 내어놓는 그 마음이 같다는 것입니다.

윌리엄 버틀러 예이츠 William Butler Yeats   1865-1939

아일랜드의 시인이자 극작가. 아일랜드의 전설과 민요를 작품에 폭넓게 수용하여 아일랜드 국민 시인으로 불렸다. 1891년, 아일랜드 문예협회를 창립하여 문예 부흥운동을 이끌었다. 아일랜드 독립 운동에 참여하였고, 아일랜드 독립 이후인 1922년부터 1928년까지 원로원 의원으로도 활동하였다. 20세기의 거장 중 한 명으로 평가되며 1923년에 노벨문학상을 수상했다.

2

사랑은 시간을 필요로 합니다. 화려하게 휘리릭 피어나는 꽃 같은 사
랑은 잠시 얼굴에 미소를 띠게 하지만, 오랜 인내와 희생, 기다림을
견디는 사랑은 마음속 깊이 뿌리내립니다. 너무 크게, 너무 많이 보이
는 것도 진정한 사랑이 아닐지 모릅니다. 천천히 그리고 조금씩 깊어
지고 커지는 사랑이야말로 사랑의 참맛을 느끼게 하지 않을까요.

내 곁의 바로 그 사람

Funeral Blues

He was my North, my South, my East and West,
My working week and my Sunday rest,
My noon, my midnight, my talk, my song;
I thought that love would last for ever; I was wrong.
The stars are not wanted now: put out every one;
Pack up the moon and dismantle the sun;
Pour away the ocean and sweep up the wood.
For nothing now can ever come to any good.

슬픈 장례식

그는 나의 북쪽이며, 나의 남쪽, 나의 동쪽과 서쪽이었고
나의 노동의 나날이었고 내 휴식의 일요일이었고
나의 정오, 나의 한밤중, 나의 말, 나의 노래였습니다.
사랑은 영원히 계속될 줄 알았지만, 그게 아니었습니다.
지금 별들은 필요 없습니다. 다 꺼버리세요.
달을 싸서 치우고 해를 내리세요.
바닷물을 다 쏟아버리고 숲을 쓸어버리세요.
지금은 아무것도 소용이 없으니까요.

사랑하는 사람이 세상을 떠났습니다. 나의 세계, 나의 우주가 사라졌습니다. 그런데도 마치 아무 일 없었다는 듯, 해가 뜨고 별이 나오고 전과 같이 돌아가는 세상이 이상하고 야속합니다. 그가 없는데, 별도 해도 바다도 숲도 다 소용없습니다. '이제 하늘나라에서 평안하시다'는 말로 위로하려고 하지 마십시오. 그가 이 세상에, 내 옆에 없다는 사실만이 중요합니다. 이제는 그의 목소리를 들을 수 없고 그의 손을 만질 수 없다는 사실만이 억울합니다.

우리는 늘 너무 늦게야 깨닫습니다. 사랑은 영원히 계속되는 것이 아니라는 걸⋯. 언젠가는 운명으로 이별해야 한다는 걸⋯.

그래서 바로 지금, 여기의 사랑이 그만큼 소중하다는 걸⋯.

W. H. 오든 W. H. Auden   1907-1973

미국의 시인. 과격한 발언과 실험적 시작법으로 알려진 '1930년대 시인'의 중심 인물이다. 영국 태생으로 제2차 세계대전 직전 미국에 귀화했다. 마르크시즘을 주제로 한 시를 창작했고 이는 영국 시단에 새로운 바람을 불어넣었다. 미국 대공황기에는 좌익 영웅으로 명성을 얻었다. 주로 빈민에게 가혹한 사회의 죄책감과 예술가로서 품어온 이상의 갈등이 시의 주제가 되었다. 또한 프로이트의 정신분석학과 사회 의식을 합친 수법으로 독특한 시 세계를 만들어냈다. 말년에는 성공회에 귀의하여 인간의 존재를 '사랑'의 면에서 고찰했다.

마음은 오직 한 사람에게

The Night Has a Thousand Eyes

The night has a thousand eyes,
The day but one;
Yet the light of the bright world dies
With the dying sun.

The mind has a thousand eyes,
And the heart but one;
Yet the light of a whole life dies
When its love is done.

밤엔 천개의 눈이있다

밤엔 천 개의 눈이 있고
낮엔 오직 하나.
하지만 밝은 세상의 빛은
해가 지면 사라져버린다.

정신엔 천 개의 눈이 있고
마음엔 오직 하나.
하지만 삶의 빛줄기는
사랑이 끝나면 꺼져버린다.

별이 아무리 많아도 하나뿐인 태양만큼 밝지 못합니다. 아무리 많은 사람을 알아도 단 한 사람을 진정으로 아는 것만큼 삶에 기쁨과 의미를 주지 못합니다. 우리의 머리는 마치 천 개의 눈이 있는 것처럼 이리저리 영악스럽게 따지면서 동시에 여러 군데를 바라볼 수 있지만, 마음은 바보처럼 오직 한 군데만 볼 줄 압니다.

찰리 채플린의 말이 생각납니다. "우나 오닐을 좀더 일찍 만났더라면 나는 사랑을 찾아 헤매는 일은 없었을 것이다. 세상 단 한 사람에게만 느낄 수 있는 것, 그것이 사랑이다." 단 하나인 마음의 눈이 해바라기할 수 있는 오직 한 사람, 내 삶에 빛을 줄 그 사람을 만나는 것은 큰 행운입니다.

프랜시스 W. 부르디옹 Francis W. Bourdillon   1852-1921

영국의 시인이자 번역가. 영국 빅토리아 여왕의 부왕인 덴마크 크리스티안 왕자의 가정교사로 일하기도 했다. 주로 짧은 길이의 시를 썼는데 모두 500여 편, 총 13권의 시집을 남겼다. 그중 시집 《꽃밭 한가운데 외(Among The Flowers And Other Poems)》(1878)에 실린 〈밤엔 천 개의 눈이 있다〉로 유명세를 얻었다.

사랑이 무어냐고 물으신다면

A Red, Red Rose

O My Luve's like a red, red rose,
That's newly sprung in June;
O My Luve's like the melodie
That's sweetly played in tune...

Till a' the seas gang dry, my dear,

And the rocks melt wi' the sun;
O I will love thee still, my dear,
When the sands o' life shall run...

새빨간 장미

오, 내 사랑은 6월에 갓 피어난
새빨간 장미 같아라.
오, 내 사랑은 곡조 따라
감미롭게 울리는 가락 같아라.

바다란 바다가 다 마를 때까지, 내 사랑아
바위가 태양에 녹아 없어질 때까지
오, 그대 영원히 사랑하리라, 내 사랑아
내게 생명이 있는 동안은.

"너희가 사랑을 알아?"

서울역에 잠깐 앉아 있는데 뒷좌석에서 부자父子인 듯한 두 사람이 사랑론을 펼치고 있습니다.

"그 여자 집 밖에서 창문 바라보며 열 시간 있어봤어? 찻집에서 오지 않는 그녀를 다섯 시간 기다려봤어?"

"치, 그게 스토킹이지 무슨 사랑이에요."

"그녀 앞에선 내가 발가락의 때만도 못하게 느껴지는 것, 그게 바로 사랑이야."

"바다가 다 마를 때까지, 바위가 태양에 녹아 없어질 때까지 그대를 사랑한다"는 시행은 우리 학생들 작문책에 과장법의 예로 나옵니다. 하지만 사랑하는 마음 자체가 과장법 아닌가요. 심장이 자꾸 부풀어 올라 터질 것 같고, 그 사람이 나보다 훨씬 커 보이고, 이 세상이 실제보다 훨씬 더 아름다워 보이고, 내 마음이 끝없이 커져 이 세상 모든 게 용서되는 것, 그게 바로 사랑 아닌가요.

로버트 번스 Robert Burns   1759-1796

영국의 시인. 스코틀랜드 출생으로 각지의 농장을 돌아다니며 농사를 짓는 틈틈
이 옛 시와 민요를 익혔다. 특히 스코틀랜드의 방언을 사용하여 서민들의 소박하
고 순수한 감정을 표현하였다. 자연과 여성을 노래한 서정시에서 두각을 드러냈
으며, 번안곡 〈석별〉로 잘 알려진 가곡 〈올드 랭 사인(Auld Lang Syne)〉을 작사
했다. 현재까지도 스코틀랜드의 국민시인으로 각광받고 있다.

그 사랑 돌이킬 수 있다면

Tears, Idle Tears

Tears, idle tears, I know not what they mean,

Tears from the depth of some divine despair

Rise in the heart, and gather to the eyes,

In looking on the happy Autumn-fields,

And thinking of the days that are no more

Dear as remembered kisses after death,

And sweet as those by hopeless fancy feigned

On lips that are for others; deep as love,

Deep as first love, and wild with all regret;

O Death in Life, the days that are no more!

눈물이, 덧없는 눈물이

눈물이, 덧없는 눈물이, 까닭 없이
거룩한 절망의 심연으로부터
가슴으로 올라와 눈에 고이네.
행복한 가을 들판 바라보며
가버린 나날들을 생각하네.

죽은 뒤 생각나는 키스처럼 다정하고
다른 이를 기다리는 입술에 허망하게 해보는
상상 속의 키스처럼 감미로워라. 사랑처럼,
첫사랑처럼 깊고 오만 가지 회한으로 소용돌이치는
아, 삶 속의 죽음이여, 가버린 날들이여!

가버린 나날들에 대한 회한 때문에 시인은 덧없는 눈물을 흘립니다. 이제는 돌이킬 수 없는 아름다운 과거는 안타깝고 슬프기만 합니다. 그때 이렇게 했더라면, 아니 저렇게 했더라면 사랑을 잃지 않았을 텐데…. 온갖 회한으로 시인은 삶 속에서도 죽음을 맞봅니다. 하지만 시인은 〈사우보思友譜(In Memoriam)〉라는 시에서 "사랑하다 잃은 것이 아예 사랑하지 않은 것 보다 낫다(T'is better to have loved and lost than never

to have loved at all)"고 말합니다. 돌이킬 수 없어 슬퍼도, 잡을 수 없어 안타까워도, 사랑의 추억은 아름답다고 말입니다.

설사 버림받았다 할지라도 사랑하지 않은 것보다 사랑한 것이 낫듯이, 후회로만 가득 찬 내 삶이지만 그래도 이 세상에 태어나서 살아본 것이 살아보지 않은 것보다 훨씬 낫다는 생각을 해봅니다.

앨프리드 테니슨 경 Alfred Lord Tennyson 　　　　　1809-1892

영국의 시인. 빅토리아 여왕이 가장 사랑한 시인 중 하나이다. 윌리엄 워즈워드 후임으로 계관 시인 작위를 받아 국보적 존재가 되었다. 초기의 시들이 혹평받고, 설상가상으로 존경하고 아끼던 친구인 아서 헨리 핼럼이 급사하자 10년간 절필하였다. 그러나 주변의 격려로 1850년, 핼럼을 위해 133편의 장시를 시집 《A. H. H.를 추모하며(In Memoriam A. H. H.)》로 출간하였고 명성을 얻었다. 친구의 죽음을 애도하는 시 〈사우보(In Memoriam)〉(1850)가 걸작으로 꼽힌다.

함께여야 할 우리 두 사람

You And I

We ought to be together—you and I;

We want each other so, to comprehend

The dream, the hope, things planned, or seen, or wrought.

Companion, comforter and guide and friend,

As much as love asks love, does thought ask thought.

Life is so short, so fast the lone hours fly,

We ought to be together, you and I.

그대와 나

우리는 함께여야 합니다. 그대와 나
우리는 서로를 너무나 원합니다. 꿈과 희망,
계획하고 보고 이루어내는 것들을 이해하기 위해.
동반자여, 위안자여, 친구이자 내 삶의 안내자
사랑이 사랑을 부르는 만큼 생각이 생각을 부릅니다.
인생은 너무 짧고, 쓸쓸한 시간은 쏜살같이 지나갑니다.
그대와 나, 우리는 함께여야 합니다.

장가가는 제자에게 선물로 준 시입니다.

어렸을 적 옆집 할머니께서 말씀하셨습니다. "우리가 태어나기 전에 삼신할머니는 아주 가느다란 보이지 않는 실 한쪽 끝은 남자아기 새끼발가락에, 또 다른 쪽은 여자아기 새끼발가락에 매어놓는단다. 둘은 무슨 일이 있어도, 서로 지구 끝에 산다 해도 만나게 되고, 그리고 사랑을 하게 된단다."

그 사람과 나, 꼭 함께해야 하는 사람들입니다. 꿈을 갖는 것도 희망을 갖는 것도 그 사람과 함께여야 합니다. 다른 그 누구도 아닌, 꼭 그 사람이어야 합니다. 함께 손잡은 두 사람, 이제 서로에게 삶의 안내자가 된다는 것은 얼마나 아름다운 일인가요.

헨리 앨포드 Henry Alford　　　　　　　　　　　　　　1810-1871

영국의 시인이자 신학자. 성공회 신부 가문의 5대째 자손으로 태어났다. 어릴 적부터 조숙했던 그는 열 살에 라틴어로 시를 쓰고, 유태인의 역사를 읊었으며 설교를 선보였다. 청년기를 오로지 신앙을 위해 바쳤으며 1857년에 켄터베리 대성당의 교무원장이 되어 그곳에서 일생을 마쳤다. 호메로스의 《오디세이(Odyssey)》를 번역하는 등 정력적이고 다양한 활동을 펼쳤고 많은 찬송가를 작사, 작곡한 것으로도 알려져 있다.

내 가진 것 모두 드리리

Love in the Open Hand

…Love in the open hand, nothing but that,
Ungemmed, unhidden, wishing not to hurt,
As one should bring you cowslips in a hat
Swung from the hand, or apples in her skirt,
I bring you, calling out as children do:
"Look what I have!—and these are all for you."

활짝 편 손으로 사랑을

활짝 편 손에 담긴 사랑, 그것밖에 없습니다.
보석 장식도 없고, 숨기지도 않고, 상처 주지 않는 사랑,
누군가 모자 가득 앵초풀꽃을 담아 당신에게
불쑥 내밀듯이, 아니면 치마 가득 사과를 담아 주듯이
나는 당신에게 그런 사랑을 드립니다. 아이처럼 외치면서.
"내가 무얼 갖고 있나 좀 보세요! 이게 다 당신 거예요!"

이 시는 "내 사랑은 진주로 멋지게 장식되고 루비, 사파이어로 값비싼 은銀상자에 담긴 사랑, 꼭꼭 잠가놓고 열쇠는 빼고 주는 그런 사랑이 아닙니다"라는 말로 시작됩니다. 거절당하지는 않을까, 밑지는 것은 아닐까, 상처받으면 어쩌나, 주먹 꼭 움켜쥐고 줄까 말까 감질나게 하는 그런 사랑이 아니라, 두 손을 활짝 펴서 남김없이 다 주는 사랑입니다. 치마 가득 사과를 담아 내미는 소녀의 마음처럼, 사랑은 원래 그렇게 예쁘고 꾸밈없는 것이니까요.

이제 곧 풀꽃 냄새, 사과 향기 가득한 계절이 오면 우리도 두 주먹 움켜쥔 전시용 사랑, 장식용 사랑이 아니라 활짝 편 손 안에 듬뿍 주는 진짜 사랑을 할 수 있을까요?

에드너 St. 빈센트 밀레이 Edna St. Vincent Millay   1892-1950

미국의 시인이자 극작가. 소네트 형식의 시에서 진가를 발휘한 서정시인이다. 대담할 정도의 관능적 표현. 시대정신에 걸맞은 새로운 자유와 모럴(moral)을 생활 속에서 실천했고, 그중에서도 여성 인권의 신장을 요구하는 페미니스트로 적극적인 활동을 펼쳤다. 낸시 보이드라는 필명으로도 활동하기도 했다. 1923년 시 〈하프 위버의 발라드(The Ballad of the Harp-Weaver)〉로 퓰리처상을 수상했다. 당시 여성 시인으로 세 번째 수상이었다.

장미 한 송이와 리무진 한 대

One Perfect Rose

A single flower he sent me, since we met.

All tenderly his messenger he chose;

Deep-hearted, pure,

with scented dew still wet—

One perfect rose

Why is it no one ever sent me yet

One perfect limousine, do you suppose?

Ah no, it's always just my luck to get

One perfect rose.

더없이 아름다운 장미 한 송이

우리 처음 만난 뒤 그가 보내준 한 송이 꽃
그인 참 알뜰하게도 사랑의 메신저 골랐네.
속 깊고, 순수하고,
향기롭게 이슬 머금은
정말 아름다운 장미 한 송이.
한데 왜일까요? 왜 내겐 아직 아무도
정말 아름다운 리무진 보내는 이 없을까요?
아, 아녜요. 고작 장미나 받는 게 내 운이죠.
정말 아름다운 장미 한 송이.

시인은 사랑이 감상만으로 되는 것이 아니라고, 사랑의 정표로 아름다운 장미 한 송이보다는 아름다운 리무진 한 대를 받고 싶다고 투정합니다.

독일 시인 릴케가 파리에서 지낼 때 이야기입니다. 산책길에 매일 동전을 구걸하는 할머니가 있었습니다. 어느 날 릴케가 동전 대신 갖고 있던 장미 한 송이를 건네자, 할머니는 릴케의 뺨에 키스했습니다. 그러고 나서 며칠 동안 할머니가 보이지 않았습니다. 할머니가 다시 나오자 친구가 물었습니다.

"돈이 없어 할머니가 그동안 어떻게 살았을까?"

그러자 릴케가 답했습니다. "장미의 힘으로!"

제가 살아보니까 삶은 이거냐 저거냐의 선택이지 결코 '둘 다'가 아닙니다. 사랑 담긴 장미 한 송이가 나을까요, 사랑 없는 리무진 한 대가 나을까요?

도로시 파커 Dorothy Parker   1893-1967

미국의 시인이자 작가, 비평가. 연극 평론가로 활약하며 신랄한 독설로 물의를 일으켰다. 위트 있으면서도 냉소 가득한 작품들을 남겼고, 소외 계층의 입장을 대변했으며, 죽기 전 전 재산을 마틴 루터 킹 목사에게 남겼다. 1926년에 낸첫 시집 《충분한 밧줄(Enough Rope)》은 출간과 동시에 베스트셀러가 되었다. 1929년에 단편소설 《빅 블론드(Big Blonde)》로 오 헨리 문학상을 받았다.

해도 달도 그대를 위해

i carry your heart with me

i carry your heart with me (i carry it in
my heart) i am never without it
(anywhere i go you go, my dear;
and whatever is alone by only me is your doing, my darling)
i fear no fate (for you are my fate, my sweet) i want
no world (for beautiful you are my world, my true)
and it's you are whatever a moon has always meant
and whatever a sun will always sing is you…

나는 당신의 마음을 지니고 다닙니다

나는 당신의 마음을 지니고 다닙니다 (내 마음속에
지니고 다닙니다) 한 번도 내려놓을 때가 없습니다
(내가 가는 곳은 어디든 당신도 가고
나 혼자 하는 일도 당신이 하는 겁니다. 그대여)
나는 운명이 두렵지 않습니다 (임이여, 당신이
내 운명이기에) 나는 세계가
필요하지 않습니다 (진실된 이여, 아름다운 당신이 내 세계이기에)
이제껏 달의 의미가 무엇이든 그게 바로 당신이요
해가 늘 부르게 될 노래가 바로 당신입니다

당신은 나의 운명, 당신은 나의 세계…. 유행가 가사도, 유명한 시인도 같은 말을 합니다.

사랑의 기본 원칙은 내 삶 속에서 상대방의 존재 가치를 인정하는 것입니다. 아니, 어딜 가나 무엇을 하나 내 안에 그를 안고 다니는 겁니다. 에리히 프롬은 《사랑의 기술》이라는 책에서 "미성숙한 사랑은 '당신이 필요해서 당신을 사랑합니다'라고 말하고, 성숙한 사랑은 '당신을 사랑해서 당신이 필요합니다'라고 말한다"고 했습니다.

e. e. 커밍스는 시에 대문자를 쓰지 않았습니다. 자신의 이름은 물론, 영어에서 대문자로만 통용되는 'I'도 소문자 'i'로 사용합니다. 내가 다른 사람보다 더 중요하지 않다는 뜻이라고 합니다. 진정한 사랑은 그런 마음에서 시작되지 않을까요.

사랑하므로 그 사람이 꼭 필요해서 '나와 당신'이 아니라 '나의 당신'이라고 부르게 되는 것, 그게 사랑입니다.

---

e. e. 커밍스 e. e. cummings　　　　　　　　　　1894-1962

미국의 시인이자 소설가. 시에 대문자를 사용하지 않고 구두점을 생략한 것으로 유명하다. 평생을 실험적인 문학 연구에 심혈을 기울였고, 마침내 자신만의 독특한 스타일의 시 세계를 구축해 명성을 얻었다. 생전 발표한 시만 2900여 편으로 알려져 있으며 20세기 영문학사에서 중요한 인물 중 한 명으로 손꼽힌다.

가던 길 멈춰 서서

Leisure

What is this life if, full of care,

We have no time to stand and stare

No time to stand beneath the boughs

And stare as long as sheep or cows

No time to see, when woods we pass,

Where squirrels hide their nuts in grass.

No time to see, in broad daylight,

Streams full of stars,

like skies at night.

여유

무슨 인생이 그럴까, 근심에 찌들어
가던 길 멈춰 서 바라볼 시간 없다면
양이나 젖소들처럼 나무 아래 서서
쉬엄쉬엄 바라볼 틈 없다면
숲속 지날 때 다람쥐들이 풀숲에
도토리 숨기는 걸 볼 시간 없다면
한낮에도 밤하늘처럼 별이 총총한
시냇물을 바라볼 시간이 없다면.

시인이 볼 때 우리는 분명 가던 길 멈춰 서서 바라볼 시간이 전혀 없는 딱한 인생을 살고 있습니다. 조금 더 높은 자리, 조금 더 넓은 집, 조금 더 많은 연봉을 좇아 전전긍긍 살아가며, 1억이든 2억이든 통장에 내가 목표한 액수가 모이면 그때는 한가롭게 여행도 가고 남을 도우며 이런 저런 봉사도 하면서 살리라 계획합니다.

인생이 공평한 것은, 그 누구에게도 내일이 보장되어 있지 않다는 겁니다. 어느 날 문득 가슴에 멍울이 잡힌다면, 아픈 심장을 부여잡고 쓰러진다면, 그때는 이미 늦은 건지도 모릅니다. 길을 가다가 멈춰 서서 파란 하늘 한 번 쳐다보는 여유, 투명한 햇살 속에 반짝이는 별꽃 한 번 바라보는 여유, 작지만 큰 여유입니다.

W. H. 데이비스 W. H. Davies   1871-1940

영국의 시인. 불우한 성장기를 보낸 뒤 골드러시 대열에 이끌려 미국으로 가지만 사고를 당해 무릎 위까지 절단했다. 외다리로 걸인생활을 하기 힘들어지자 시인이 되었고, 이후 집을 떠나 평생을 방랑하면서 '걸인시인'으로 명성을 얻었다. 주로 인생의 고통을 세밀히 관찰하여 얻은 깨달음을 주제로 시를 썼고, 삶의 다채로운 면을 자연에 빗대어 묘사했다.

계절은 이렇게 깊어가는데

The Tea Shop

The girl in the tea shop
Is not so beautiful as she was,
The August has worn against her.
She does not get up the stairs so eagerly;
Yes, she also will turn middle-aged.
The glow of youth that she spread about us
As she brought us our muffins
Will be spread about us no longer.
She also will turn middle-aged.

찻집

찻집의 저 아가씨
예전처럼 그리 예쁘지 않네.
그녀에게도 8월이 지나갔네.
층계도 전처럼 힘차게 오르지 않고.
그래, 그녀도 중년이 될 테지.
우리에게 머핀을 갖다줄 때
주변에 풍겼던 그 젊음의 빛도
이젠 풍겨줄 수 없을 거야.
그녀도 중년이 될 테니.

중년 남자가 단골 찻집에 혼자 앉아 있습니다. 문득 그 생기 발랄하던 찻집 아가씨의 동작이 조금 느려지고 얼굴에는 삶의 그림자가 드리웠다는 걸 느낍니다. 그녀도 자신과 같이 중년이 된다는 사실이 새삼 놀랍고도 슬픕니다.

삶을 열두 달로 나눈다면 8월은 언제쯤일까요. 서른다섯? 마흔? 6월과 7월, 청춘의 야망은 이제 가슴속에 추억으로 담은 채 조금씩 순명順命을 배워가는 나이입니다. 삶의 무게를 업고 위태롭게 줄타기를 하는 때입니다. 자꾸 커지는 세상에 나는 끝없이 작아지고, 밤에 문득 눈을 뜨면 앞으로 살아내야 할 삶이 무섭습니다.

그러나 인생의 8월은 이제 자아탐색의 치열한 여름을 보내고 세상을, 그리고 남을 조금씩 이해하는 성숙의 가을이 시작되는 때입니다.

에즈라 파운드 Ezra Pound　　　　　　　　　　　　1885-1972

미국의 시인. 20세기 영미시에 끼친 지대한 공헌으로 '시인의 시인'이라고 불린다. 신문학 운동의 중심이 되었고 동서양의 문학에 두루 조예가 깊었다. 상징파의 애매한 표현을 거부했다. 제2차 세계대전 중 반미활동 혐의로 정신병원에 연금되었다가 풀려난 뒤 이탈리아에서 살았다. 저서로 제1차 세계대전 중의 경험을 형상화한 《섹스투스 프로페르티우스에 대한 경의(Homage to Sextus Propertius Analysist)》(1919)와 20세기에 가장 찬사를 받은 시집 《휴 셀윈 모벌리(Hugh Selwyn Mauberley)》(1920) 등이 있다.

마음의 요가

To Science

Science! true daughter of old Time thou art!

Who alterest all things with thy peering eyes.

Why preyest thou thus upon the poet's heart,

Vulture, whose wings are dull realities?…

Hast thou not torn the Naiad from her flood,

The elfin from the green grass, and from me

The summer dream beneath the tamarind tree?

과학에게

과학이여! 너는 과연 해묵은 시간의 딸이구나!
노려보는 그 눈으로 모든 것을 바꿔버리는구나.
지루한 현실의 날개를 가진 독수리야,
넌 왜 그리 시인의 가슴을 파먹는 것이냐?
너는 물의 요정을 강으로부터 떼어내고,
꼬마 요정을 푸른 풀밭에서 떼어내고, 내게서
타마린드 나무 밑의 여름 꿈을 뺏어가지 않았느냐?

시인은 때로는 과학이 심미적 가치를 말살시킬 수 있다고 말합니다. 자로 재고, 숫자로 계산하고, 물리적 현상을 분석하고, 정확한 원인과 결과를 따지는 과학적 사실이 꼭 진리는 아니라고 말입니다.

요가의 기본 원칙은 의도적으로 몸에 익숙하지 않은 자세를 취해 몸의 균형을 잡는 것이라고 합니다. 마음도 균형이 필요합니다. 숫자, 공식, 계산, 계약, 현상적 논리에 익숙한 마음이라면 하루에 좋은 시 한 편 읽고 아름다운 음악과 그림을 찾는 마음의 요가가 필요합니다. 몸의 웰빙 못지 않게 마음과 영혼의 웰빙도 중요하니까요.

가끔은 '지루한 현실의 날개'를 접고, 물의 요정을 강으로, 풀의 요정을 풀밭으로 돌려보내야 합니다.

에드거 앨런 포 Edgar Allan Poe　　　　　1809-1849

미국의 시인이자 소설가, 비평가. 빈곤과 알코올의존증, 정신착란 속에서 불우한 생애를 보냈다. 스물일곱 살에 열네 살 연하인 사촌 버지니아 클렘과 결혼하지만, 빈곤과 결핵으로 아내를 먼저 떠나보냈다. 아내의 투병 시절, 죽은 연인에 대한 사랑을 추억하는 시 〈갈가마귀(The Raven)〉(1845)로 일약 유명 작가로 떠오른다. 그러나 아내가 사망하고 2년 뒤, 그 역시 마흔 살의 나이로 세상을 떠났다. 공포, 우울, 환상을 소재로 한 낭만적 작품으로 말라르메, 보들레르 등 근대 문학과 작가에 지대한 영향을 끼쳤으며, 탐정소설의 창시자이기도 하다.

나무처럼 아름다운 시詩, 쓰고 싶다

Trees

I think that I shall never see
A poem lovely as a tree.

A tree whose hungry mouth is prest
Against the earth's sweet flowing breast;

A tree that looks to God all day,
And lifts her leafy arms to pray…

Upon whose bosom snow has lain;
Who intimately lives with rain.

Poems are made by fools like me,
But only God can make a tree.

나무

내 결코 보지 못하리
나무처럼 아름다운 시를.

단물 흐르는 대지의 가슴에
굶주린 입을 대고 있는 나무.

온종일 하느님을 바라보며
잎 무성한 두 팔 들어 기도하는 나무.

눈은 그 품 안에 쌓이고
비와 정답게 어울려 사는 나무.

시는 나 같은 바보가 만들지만
나무를 만드는 건 오직 하느님뿐.

때로는 나무가 꽃보다 더 아름답다는 생각을 해봅니다. 화려하지 않아도 자기가 서 있어야 할 자리에서 묵묵히 풍파를 견뎌내는 인고의 세월이, 향기롭지 않지만 두 팔 들어 기도하며 세상을 사랑으로 껴안는 겸허함이 아름답습니다. 하늘과 땅을 연결하고, 달이 걸리고 해가 뜨는 나무는 오직 신만이 지을 수 있는 아름다운 시詩입니다.

'주목나무'라는 나무가 있습니다. 뿌리가 약해서 물을 잘 흡수하지 못해 표피가 아주 단단하고, 오직 스스로의 노력으로 천 년을 산다고 합니다. 그런 나무 한 그루를 내 마음속에 심고 싶습니다. 그 강인함과 생명의 의지를 배우고 싶습니다.

조이스 킬머 Joyce Kilmer   1886-1918

미국의 시인이자 저널리스트. 첫 시집은 아일랜드 시인들의 영향을 받았지만 가톨릭으로 개종한 뒤 형이상학파 시인들을 본받았다. 주로 가톨릭 종교관에 의거한 자연의 아름다움을 노래했다. 1914년에 시집 《나무 외(Trees and Other Poem)》를 출간했고, 유명세를 얻었다. 시인 앨린 머레이와 결혼하여 다섯 자녀를 두었다. 이후 1918년, 제1차 세계대전에 참전했고 적군이 쏜 총에 맞아 전사했다.

사랑으로 끓여서 기쁨 솔솔 뿌려요

A Favorite Recipe

Take a cup of kindness,
Mix it well with love,
Add a lot of patience,
And faith in God above,
Sprinkle very generously
With joy and thanks and cheer
And you'll have lots of 'angel food'
To feast on all the year.

내가 좋아하는 요리법

한 잔의 친절에
사랑을 부어 잘 섞고
하느님에 대한 믿음과
많은 인내를 첨가하고
기쁨과 감사와 격려를
넉넉하게 뿌립니다.
그러면 1년 내내 포식할
'천사의 양식'이 됩니다.

영성시로 유명한 시인은 물론 육신보다는 영혼의 음식 조리법을 말하고 있지요. 누구에게나 친절하고, 가슴에 사랑·믿음·인내를 지니고 늘 감사하는 마음으로 기쁘게 살면, 그것이야말로 살아갈 힘을 주는 '천사의 양식'이라고 말합니다. 미국에 '천사의 양식'이 있다면 우리나라에는 작자 미상의 '사랑차 조리법'이 있습니다.

1. 불평과 화는 뿌리를 잘라내고 잘게 다진다.
2. 교만과 자존심은 속을 빼낸 후 깨끗이 씻어 말린다.
3. 짜증은 껍질을 벗기고 송송 썰어 넓은 마음으로 절여둔다.
4. 실망과 미움은 씨를 잘 빼낸 후 용서를 푼 물에 데친다.
5. 위의 모든 재료를 주전자에 담고 인내와 기도를 첨가하여 쓴맛이 없어질 때까지 충분히 달인다.
6. 기쁨과 감사로 잘 젓고, 미소 몇 개를 예쁘게 띄운 후, 깨끗한 믿음의 잔에 부어서 따뜻할 때 마신다.

오늘처럼 하늘이 유난히 파랗고 햇살 눈부신 날, 창가에 앉아 사랑차를 곁들여 천사의 양식을 먹으면 세상이 더 환해지겠지요?

헬렌 스타이너 라이스 Helen Steiner Rice   1900-1981

미국의 시인. 주로 종교와 영성적인 메시지가 담긴 시를 썼다. 청년 시절 미국 오
하이오 주의 여성 전기 연합 단체장을 맡으며 여성의 권리 증진에 힘썼다. 남편
이 자살하는 고통을 겪었지만, 강연가와 사업가로서 뛰어난 활약을 펼쳤다. 여든
한 살에 눈을 감았고, 지미 카터 대통령과 영부인이 추모와 존경을 표하기도 했
다. 그녀의 시집은 현재까지 700만부 가량 판매된 것으로 추산된다.

부자 되세요!

Riches

The countless gold of a merry heart,
The rubies & pearls of a loving eye,
The indolent never can bring to the mart,
Nor the secret hoard up in his treasury.

재산

기쁜 마음은 천금과 같고,
사랑 담은 눈은 루비와 진주 같은데,
게으른 자는 시장에 내오지 못하고
비밀스러운 자라도 금고에 쌓아놓지 못한다.

"부자 되세요!"라는 유행어처럼 시인은 부자가 되는 비결을 말해주고 있습니다. 기쁘고 행복한 마음과 사랑 담긴 눈을 가졌다면 정말 소중한 재산을 가진 부자라고 일깨워줍니다. 재산은 함께 나누는 것이 더 좋듯이, 기쁜 마음과 사랑스러운 눈도 남에게 보여야 더욱 빛납니다.

게으름 피워서 내 기쁜 마음을 남에게 보이지 않으면 그 재산은 아무 소용이 없습니다. 그런가 하면 사랑은 재채기 같다고 했지요. 아무리 비밀스럽게, 몰래 마음속에 감춰두려 해도 숨길 수 없는 것, 얼굴에서 온통 빛이 나고 어깨는 들썩들썩, 저절로 보입니다.

지금 당신 주머니 안에 금은보화가 없어도 당신 마음에는 기쁨이, 눈에는 사랑이 가득하다면, 그리고 그 사랑과 기쁨을 부지런히 남과 나눌 수 있다면, 당신은 그 누구 못지않은 재산가라고 시인은 말합니다.

즉 시인은 말합니다. "돈 부자보다 더 좋은 것, 마음 부자 되세요!"

그 누구에게

To _____

But once I dared to lift my eyes,
To lift my eyes to thee;
And, since that day, beneath the skies,
No other sight they see.

In vain sleep shut in the night
The night grows day to me
Presenting idly to my sight
What still a dream must be.

A fatal dream—for many a bar
Divided thy fate from mine;
And still my passions wake and war,
But peace be still with thine.

그 누구에게

딱 한 번, 감히 내 눈을 들어,
눈을 들어 당신을 바라보았어요.
그날 이후, 내 눈은 이 하늘 아래
당신 외에는 아무것도 보지 못하지요.

밤이 되어 잠을 자도 헛된 일
내게는 밤도 한낮이 되어
꿈일 수밖에 없는 일을 내 눈앞에
짓궂게 펼쳐 보이죠.

그 꿈은 비운의 꿈―수많은 창살이
당신과 나의 운명을 갈라놓지요.
내 열정은 깨어나 격렬하게 싸우지만
당신은 여전히 평화롭기만 하군요.

이루지 못할 사랑에 대한 비가悲歌입니다. 감히 이름조차 입에 올릴 수 없는 연인을 생각하며 뜬눈으로 밤을 새우고 그녀의 아름다운 모습에 눈이 멀어버린 시인의 절박한 상황을 그리고 있습니다. 마치 전쟁터같이 격렬한 싸움이 일어나고 있는 시인의 마음을 아는지 모르는지, 그녀는 평화롭기만 해 보이니 시인의 좌절이 사랑하는 이에 대한 원망으로 이어지는 것도 당연하지요.

이런 연시를 읽으면 불현듯 '열정'이라는 단어를 떠올리게 됩니다. 사랑하는 이가 너무 보고 싶어 잠 못 이루고 무언가를 미칠 듯이 원했던 적이 언제였나요. 어쩔 수 없이 '생활'의 노예가 되어 하루하루를 버릇처럼 살아가다 보니 사랑, 열정, 낭만은 이제 사치스러운 단어가 되어버렸습니다. 그러다가도 오늘같이 하늘 파란 오후에는 마치 까마득히 먼 옛날 떠나온 고향처럼 마음속에 문득 그리움이 머리를 쳐듭니다.

조지 고든 바이런 경 George Gordon Lord Byron   1788-1824

영국의 시인. 낭만주의파로 비통한 서정, 날카로운 풍자, 근대적 고뇌가 담긴 작품을 썼다. 연이은 스캔들에 휘말린 미남으로도 알려져 있다. 스물여덟 살에 고국을 등지고 이탈리아, 그리스의 독립운동을 돕던 중 열병에 걸려 이국에서 생을 마쳤다. 16000행이 넘는 미완성 풍자 서사시 《돈 후안 (Don Juan)》을 끝으로 짧은 생을 살았지만 그의 시는 세상에 남아 전 유럽을 풍미하였다.

세상 움직이는 에너지,
'사랑'의 소중함이여

Love Is Anterior to Life

Love— is anterior to Life—

Posterior— to Death—

Initial of Creation, and

The Exponent of Earth—

사랑은 생명 이전이고

사랑은— 생명 이전이고
죽음— 이후이며—
천지창조의 근원이고
지구의 해석자—

마침표 하나 없이 주저주저 속삭이듯 말하지만, 시인은 우주를 흔드는 거대한 사랑의 힘을 말하고 있습니다. 사랑은 만물의 알파요 오메가, 생명과 죽음을 관통하는 영겁의 힘, 천지 창조의 시작, 이 세상이 존재하는 의미이며 힘이라고 시인은 말하고 있습니다.

정말 사랑이란 무엇일까요? 유명한 고린도 1서 13장은 "사랑은 모든 것을 덮어주고 모든 것을 믿고 모든 것을 바라고 모든 것을 견디어내는 마음"이라고 알려줍니다. 사는 게 아무리 힘들다 해도, 아무리 서로 헐뜯고 짓밟는다 해도, 누군가를 아끼고 소중히 여기며 용서하고 이해하는 마음, 사랑이 있는 한 이 세상은 아무런 문제없이 돌아갑니다. 그래서 사랑은 우주를 움직이는 에너지, 생명의 근원이라고 시인은 말하고 있습니다.

그래도 우리는 달랑 자동차 한 대, 공장 하나 움직이는 에너지는 끔찍이 여기면서도 이 세상 만물을 주관하는 사랑이라는 에너지는 하찮게 여기며 살아갑니다.

에밀리 디킨슨 Emily Dickinson   1830-1886

미국의 시인. 자연과 사랑, 청교도주의를 바탕으로 죽음과 영원 등의 주제를 담
은 시들을 남겼다. 평생을 칩거하며 독신으로 살았고, 시 창작에 전념했다. 죽은
후에야 2000여 편의 시를 쓴 것이 알려졌다. 19세기 낭만파보다 형이상학파에
가까운 작품 세계로, 19세기에는 크게 인정받지 못했다. 그러나 20세기에 들어
이미지즘, 형이상학적 시 유행이 시작되면서 높은 평가를 받았다.

사랑에도 조건이 있고 한계가 있다는 걸 깨달을 때, 사랑은 아픔이고 눈물입니다. 기쁨과 슬픔, 감정의 벽을 넘어 영혼 저 바닥에서 묵묵히 바라보고 받아들이는 침묵과 인내의 사랑은 얼마나 깊고 아름다울까요. 웃음과 눈물의 사랑을 지나지 않고는 거기 닿지 못합니다. 사랑할 때는 웃음의 노래도 슬픔의 눈물도 모두 다 찬란한 선물입니다.

진짜 행복은 성취 아닌
과정에 있음을…

Life in a Love

Escape me?

Never—

Beloved!

While I am I, and you are you,

So long as the world contains us both,

Me the loving and you the loth,

While the one eludes, must the other pursue…

But what if I fail of my purpose here?

It is but to keep the nerves at strain,

To dry one's eyes and laugh at a fall,

And baffled, get up to begin again—

So the chase takes up one's life, that's all…

사랑에 살다

나로부터 도망치겠다구?

절대 안 되지—

사랑하는 이여!

내가 나이고, 당신이 당신인 한

사랑하는 나와 싫어하는 당신

우리 둘이 이 세상에 있는 한,

하나가 도망가면 또 하나는 쫓게 마련이니.

허나 여기서 목적을 달성하지 못하면 어떠리?

그건 그냥 긴장을 늦추지 말라는 뜻,

넘어져도 눈물 닦고 허허 웃고

좌절해도 일어나 다시 시작한다.

그래서 사랑을 쫓다가 삶을 마친다. 그것뿐이다.

가끔 우리는 숨바꼭질을 합니다. 내가 사랑하는 사람은 자꾸 내게서 도망가고, 내가 싫어하는 이는 오히려 날 따라옵니다. 그래서 살아가면서 서로 좋아하고 싫어하며 이리저리 얽히게 마련입니다. 아니, 도망가는 건 꼭 사랑하는 사람뿐만 아닙니다. 돈, 명예, 건강, 모두 마찬가지입니다. 잡힐 듯 잡힐 듯 잡히지 않습니다.

그렇지만 시인은 말합니다. 무언가를 추구하기 위해 늘 깨어 있고, 넘어져도 다시 일어날 만한 목적을 가진 사람은 행복하다고 말입니다. 행복은 산꼭대기에 있지 않고 산꼭대기까지 오르는 과정에 있다고 했습니다.

'사랑을 좇다가 삶을 마친다.' 그런대로 멋진 삶이 아닐까요?

로버트 브라우닝 Robert Browning   1812-1889

영국의 시인. 빅토리아 시대의 대표적 시인으로, 당시의 명시인 알프레드 테니슨 경과 어깨를 나란히 했다. 부유한 은행가의 아들로 태어나 어린 시절부터 천재 교육을 받았고, 시 창작에 두각을 나타냈다. 극적 독백, 심리 묘사와 함께 감정, 사상을 극적인 구성 속에 담는 능력이 탁월했다. 서정시인으로 명성을 떨친 시인 엘리자베스 배릿 브라우닝을 구출하여 결혼한, 로맨스의 주인공이기도 하다.

사랑한다면 빛처럼 떠나소서

If You Should Go

Love, leave me like the light,

The gently passing day;

We would not know, but for the night,

When it has slipped away.

Go quietly; a dream,

When done, should leave no trace

That it has lived, except a gleam

Across the dreamer's face.

그대 떠나야 한다면

사랑하는 이여, 빛처럼 떠나십시오,
슬그머니 없어져버리는 일광처럼.
밤이 오지 않는다면 우린 모르잖아요,
언제 그 빛이 사라졌는지.
조용히 가십시오. 꿈이
다하고 나면 흔적을
남겨서는 안 되는 법, 꿈꾼 자의
얼굴에 희미한 한 줄기 빛 말고는.

사랑하는 이가 떠나지 않았으면 좋겠지만, 꼭 떠나야 한다면 빛처럼 떠나달라고 시인은 당부합니다. 어둠이 오면 언제 있었냐는 듯 자취도 없이 사라지는 빛처럼, 마음에 아무런 상처도 남기지 말고 쥐도 새도 모르게 슬그머니 떠나달라는 말이겠지요. 사랑은 봄날에 꾸는 꿈과 같다고 했나요. 이루지 못한 꿈은 언제 그런 꿈을 꾸었냐는 듯, 허무한 흔적을 남기지 말았으면 좋겠습니다.

　사랑과 꿈을 떠나보내는 것만도 슬프고 아쉬워 죽겠는데 마음의 깊은 상처까지 끌어안고 살아야 한다면 너무 억울합니다. 아니, 너무 부끄러워 그런 사랑을 한 것, 그런 꿈을 꾼 것마저 후회할지도 모르겠습니다. 그래서 시인은 까짓 그런 사랑 없어도, 그런 꿈 없어도 난 잘 먹고 잘 살 수 있다는 걸 보여줄 수 있게 그냥 희미한 추억의 빛줄기만 남기고 떠나달라고 말합니다.

　그러나 사랑을 빛에 비유하는 시인, 치맛자락이라도 붙잡고 늘어지고 싶은 속마음은 말 안 해도 뻔하지요.

카운티 컬린 Countee Cullen   1903-1946

미국의 시인이자 작가, 번역가. 목사 집안에서 성장기를 보냈다. 뉴욕 대학교 재학 시절, 시 창작 대회에서 〈갈색 소녀의 발라드(The Ballad of The Brown Girl)〉로 2등상을 받았고, 미국 시인 협회의 지원을 받았다. 하버드 대학교 영문학 석사 과정에 입학한 해에 첫 시집 《컬러(Color)》(1923)를 출간했다. 흑인으로서 차별받던 시기에 고전적인 문법으로 인종차별이 주는 악영향을 알리고 흑인의 아름다움을 표현하여 주목받았다.

눈물 뒤의 깨달음,
변하니까 사랑이다

Gifts

I gave my first love laughter,
I gave my second tears,
I gave my third love silence
Thru all the years.

My first love gave me singing,
My second eyes to see,
But oh, it was my third love
Who gave my soul to me.

선물

나는 한평생 살면서
내 첫사랑에게는 웃음을,
두 번째 사랑에게는 눈물을,
세 번째 사랑에게는 침묵을 선사했다.

첫사랑은 내게 노래를 주었고
두 번째 사랑은 내 눈을 뜨게 했고
아, 그러나 내게 영혼을 준 것은
세 번째 사랑이었어라.

연륜에 따라 사랑도 변하는 걸까요? 아직 젊고 이 세상이 다 내 것 같을 때 사랑은 한껏 부푼 꿈이요 희망이고, 서로에게 기쁨과 즐거움을 줍니다. 하지만 조금 더 세상살이를 하면서 사랑에도 조건이 있고 한계가 있다는 걸 깨달을 때, 사랑은 아픔이고 눈물입니다. 그리고 그 아픔 때문에 더욱 성숙하고 삶에 눈을 뜹니다. 하지만 시인은 웃음과 눈물을 뛰어넘는 사랑, 말없이 영혼을 나누는 사랑이야말로 진정한 사랑이라고 말합니다.

기쁨과 슬픔, 감정의 벽을 넘어 영혼 저 바닥에서 묵묵히 바라보고 받아들이는 침묵과 인내의 사랑은 얼마나 깊고 아름다울까요. 그러나 시인은 사랑에도 단계가 있다고 말합니다. 웃음과 눈물의 사랑을 지나지 않고는 침묵의 사랑에 닿지 못합니다.

그리고 사랑할 때는 웃음의 노래도 슬픔의 눈물도 모두 다 찬란한 선물입니다.

새러 티즈데일 Sara Teasdale　　　　　　　　　　　　　1884-1933

미국의 시인. 고전적 단순성, 차분한 강렬함이 있는 서정시로 주목받았다. 〈사랑의 노래(Love Songs)〉(1917)로 퓰리처상을 수상했다. 시집으로는 《두스에게 보내는 소네트 외(Sonnets to Duse and Other Poems)》(1907)를 비롯하여, 《바다로 흐르는 강(Rivers to the Sea)》(1915), 《불길과 그림자(Flame and Shadow)》(1920), 《별난 승리(Strange Victory)》(1933) 등이 있다.

몸은 가더라도 추억만은 늘 그 자리에

Do Not Stand at My Grave and Weep

Do not stand at my grave and weep

I am not there, I do not sleep

I am a thousand winds that blow

I am the diamond glint on snow

I am the sunlight on ripened grain

I am the gentle autumn rain

When you awake in the morning hush

I am the swift, uplifting rush

Of quiet birds in circled flight

And the soft star that shines at night

I am not there, I did not die

Do not stand at my grave and cry

내 무덤가에 서서 울지 마세요

내 무덤가에 서서 울지 마세요
나는 거기 없고, 잠들지 않았습니다
나는 천 갈래 만 갈래로 부는 바람이며
금강석처럼 반짝이는 눈이며
무르익은 곡식을 비추는 햇빛이며
촉촉이 내리는 가을비입니다
당신이 숨죽인 듯 고요한 아침에 깨면
나는 원을 그리며 포르르
말없이 날아오르는 새들이고
밤에 부드럽게 빛나는 별입니다
내 무덤가에 서서 울지 마세요
나는 거기 없습니다, 죽지 않았으니까요

간혹 사랑하는 사람을 죽음으로 이별하고 힘들어하는 사람들을 봅니다. 이제 그 사람을 이 아름다운 세상에서 다시 볼 수 없다는 사실이 너무나 가슴 아파서 애절하게 웁니다.

하지만 이 시는 육신의 죽음이 끝이 아니라고 말합니다. 그 사람의 몸은 사라져도 자연으로 돌아가 더 아름답게 태어나는 거라고 말합니다. 투명한 햇살 속에, 향기로운 바람 속에, 반짝이는 별 속에, 길섶의 들국화 속에, 그 사람의 영혼은 늘 살아 있으니까요.

이제 이 세상에서의 아쉬운 작별을 준비하거나 사랑하는 사람을 하늘나라로 먼저 떠나보내고 아파하는 분이 있다면, 이 시가 조금은 위로가 되었으면 좋겠습니다.

매리 프라이 Mary Frye   1905-2004

이 시의 작가는 명확히 밝혀지지 않았다. 인디언들에게서 구전되어온 시라고도 알려져 있지만 요즈음은 미국의 시인 매리 프라이가 1936년에 쓴 시라는 설이 더 유력하다. 매리 프라이의 시는 수많은 곳에서 인용되었지만 저작권 등록을 하지 않았고, 책으로도 출판하지 않았다. 1990년대 후반에서야 그녀의 이름이 세상에 알려졌다.

바람아, 이 열기를 베다오

Heat

O wind, rend open the heat,

cut apart the heat,

rend it to tatters.

Fruit cannot drop

through this thick air...

Cut through the heat—

plow through it

turning it on either side

of your path.

힐다 두리틀 Hilda Doolittle　　　　　　　　　　　　　　　1886-1961

미국의 시인. 필명은 H. D.이고 에즈라 파운드와 함께 이미지즘 시 운동을 이끌
었다. 그녀의 이미지즘은 시 속에 설명과 규칙적인 박자를 배제하고 이미지의 힘
으로만 감정을 전달하는 것이었다. 전쟁을 주제로 다룬 3부작 장시 〈벽은 넘어
지지 않는다(The Walls Do Not Fall)〉(1944)는 T. S. 엘리엇의 〈4개의 4중주(Four
Quartets)〉와 에즈라 파운드의 〈피사 칸토스(The Pisan Cantos)〉와 비견되는
역작으로 평가되고 있다.

눈보라 치더라도 살아라!

Stopping by Woods On a Snowy Evening

Whose woods these are I think I know.

His house is in the village, though;

He will not see me stopping here

To watch his woods fill up with snow…

The only other sound's the sweep

Of easy wind and downy flake.

The woods are lovely, dark and deep,

But I have promises to keep,

And miles to go before I sleep,

And miles to go before I sleep.

눈 오는 저녁 숲가에 서서

이 숲이 누구 숲인지 알 것도 같다.
허나 그의 집은 마을에 있으니
내가 자기 숲에 눈 쌓이는 걸 보려고
여기 서 있음을 알지 못하리.
다른 소리라곤 스치고 지나는
바람소리와 솜털 같은 눈송이뿐.
숲은 아름답고, 어둡고, 깊다.
하지만 난 지켜야 할 약속이 있고,
잠들기 전에 갈 길이 멀다,
잠들기 전에 갈 길이 멀다.

깜깜한 밤에 어딘가 다녀오던 시인은 문득 썰매를 멈춥니다. 눈 내리는 고요한 숲이 너무 아름답기 때문입니다. 눈송이들은 마치 부드러운 깃털처럼 내려와 쌓이고, 모든 것을 잊고 가만히 그 안에 드러누워 잠들고 싶습니다. 하지만 마을에는 가족이 있고, 지켜야 할 약속이 기다리고 있습니다. 시인은 다시 길을 떠납니다.

거대한 기계의 작은 톱니바퀴로 살며 늘 숨이 턱에 차서 제대로 생각할 틈도 없지만, 가끔씩 가슴 한가운데에 구멍이 뻥 뚫린 듯 허전한 느낌입니다. 분명 이건 아닌데…. 남이 안 보는 데서 실컷 울고 싶습니다. 아니, 아예 영원히 잠들어버리면 너무나 편할 것 같습니다.

하지만 귀한 생명 받고 태어남은 하나의 약속입니다. 내게 주어진 삶을 사랑하며 용기 있게 살아가리라는 약속입니다. 그리고 그 약속을 지킬 때까지 가야 할 길이 아직도 꽤 멉니다.

로버트 프로스트 Robert Frost   1874-1963

미국의 시인. J. F. 케네디 대통령 취임식에서 자작시를 낭송하는 등 미국의 계관 시인과도 같은 존재였다. 시집 《뉴 햄프셔(New Hampshire)》 등으로 퓰리처상을 네 차례나 수상했다. 주로 뉴잉글랜드 지방의 소박한 농민과 자연, 사과 따기, 울타리, 시골길과 같이 친숙한 소재로 전세계 독자들의 사랑을 받았다. 또한 인용, 생략법을 거의 쓰지 않으면서 명쾌하고 누구나 쉽게 이해할 수 있는 시를 썼다.

사랑의 시詩를 쓰고 싶다면

Ars Poetica

A poem should be palpable and mute

As a globed fruit,

Dumb

As old medallions to the thumb...

A poem should be wordless

As the flight of birds...

A poem should be equal to

Not true.

For all the history of grief

An empty doorway and a maple leaf

For love

The leaning grasses and two lights above the sea

A poem should not mean

But be.

시법詩法

시는 둥그런 과일처럼
만질 수 있고 묵묵해야 한다.
엄지손가락에 닿는 오래된 메달들처럼
딱딱하고
새들의 비상처럼
시는 말을 아껴야 한다.
시는 구체적인 것이지
진실된 것이 아니다.
슬픔의 긴 역사를 표현하기 위해서는
텅 빈 문간과 단풍잎 하나
사랑을 위해서는
비스듬히 기댄 풀잎들과 바다 위 두 개의 불빛
시는 무엇을 의미하는 게 아니라
단지 존재할 뿐이다.

시 쓰는 법을 가르쳐주는 시입니다. 시란 추상적이고 현학적인 게 아니라 구체적인 것, 즉 보고 만지고 냄새 맡고 만질 수 있어야 한다고 시인은 말합니다. 자신의 마음과 생각을 구구절절이 설명하기보다는 '과일'과 '오래된 메달', '새의 비상'처럼 독자가 오감으로 경험할 수 있는 이미지를 사용하는 것이 중요합니다.

슬픔을 길게 설명하기보다는 독자가 시인의 슬픔을 연상할 수 있도록 텅 빈 문간과 단풍잎 하나를 보여주는 것이 시입니다. 사랑을 장황하게 설명하기보다는 서로 기대어 한 방향으로 기우는 풀잎들, 깜깜한 바다 위에서 함께 반짝이는 두 개의 불빛만 보여주면 됩니다.

여러분이 시인이라면 사랑을 위해 어떤 이미지를 사용하시겠습니까?

아치볼드 매클리시 Archibald MacLeish 　　　　　　　　1892-1982

미국의 시인이자 행정 관료. 루스벨트 대통령의 두터운 신망을 얻어 국회도서관
장과 국무차관보를 역임했다. 관직에 있는 동안 미국의 예술, 문화, 도서관 분야
등을 크게 발전시켰다. 이후 하버드 대학교 교수로 재직하며 수사학과 연설법을
가르쳤다. 1933년, 멕시코 아즈텍 문명을 무력으로 정복한 에르난 코르테스에
관한 장시 〈정복자(Conquistador)〉를 비롯한 창작으로 퓰리처상을 세 차례 수상
했다.

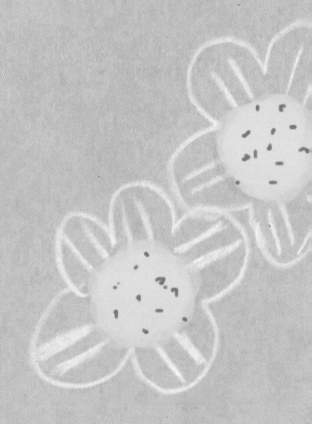

달 커지듯 씨앗 터지듯
사랑은 조용히 천천히…

Love Quietly Comes

Love Quietly comes

Long in time

After Solitary Summers

And false blooms blighted

Love Slowly comes…

Quietly slowly

Shafts of wheat

Underground love is…

Love slips into roots

Sprouts shoot

Slow as the moon swells

사랑은 조용히 오는 것

사랑은 조용히 오는 것

외로운 여름과

거짓 꽃이 시들고 나서도

기나긴 세월이 흐를 때

사랑은 천천히 오는 것

조용히 천천히

땅속에 뿌리박은

밀처럼 사랑은…

사랑은 살며시 뿌리로 스며드는 것

씨앗이 싹트듯

달이 커지듯 천천히

무엇이든 빠르게, 크게, 높게, 물리적 효율성으로 가치를 평가받는 시대입니다. 사랑도 덩달아 빨리빨리, 숨이 턱까지 차올라 사랑의 향기도 기쁨도 저만치 달아날 것만 같습니다. 사랑은 시간을 필요로 합니다. 화려하게 휘리릭 피어나는 꽃 같은 사랑은 잠시 얼굴에 미소를 띠게 하지만 오랜 인내와 희생, 기다림을 견디는 사랑은 마음속 깊이 뿌리내립니다.

글로리아 밴더빌트 Gloria Vanderbilt   1924~

미국의 시인이자 패션디자이너. 철도왕 윌리엄 밴더빌트의 딸로, 두 살 때 부친이 사망하자 400만 달러를 상속받았다. 대부호이면서 사교계의 여왕이었고, 총 네 번 결혼했다. 첫째 아들 카터 쿠퍼가 스물세 살 되던 해에 눈앞에서 투신 자살하는 아픔을 겪었다. CNN 간판 앵커로 활동하고 있는 앤더슨 쿠퍼가 그녀의 둘째 아들이다. 1983년, 글로리아 밴더빌트의 삶을 다룬 텔레비전 시리즈 〈글로리아 밴더빌트 이야기(Little Gloria… Happy at Last)〉가 에미상 6개 부문에 노미네이트되며 화제에 오르기도 했다.

칼릴 지브란은 "보이지 않는 것은 사랑이 아니다"라고 말했지만, 너무 크게, 너무 많이 보이는 것도 진정한 사랑이 아닐지 모릅니다. 물이 살며시 뿌리로 스며들듯이, 초승달이 점점 보름달이 되듯이, 천천히 그리고 조금씩 깊어지고 커지는 사랑이야말로 사랑의 참맛을 느끼게 하지 않을까요.

그래도 끝끝내 내 길을 가리

Paradoxical Commandments

People are often unreasonable, illogical,

and self-centered;

Forgive them anyway.

If you are kind,

people may accuse you of selfish, ulterior motives;

Be kind anyway…

If you are honest and frank,

people may cheat you;

Be honest and frank anyway.

What you spend years building,

someone could destroy overnight;

Build anyway.

If you find serenity and happiness,

they may be jealous;

Be happy anyway.

The good you do today,

people will often forget tomorrow;

Do good anyway.

Give the world the best you have,

and it may never be enough;

Give the world the best you've got anyway.

그럼에도 불구하고

사람들은 때로 변덕스럽고
비논리적이고 자기중심적이다.
그래도 그들을 용서하라.
네가 친절을 베풀면
이기적이고 숨은 의도가 있다고
비난할지도 모른다.
그래도 친절을 베풀라.
네가 정직하고 솔직하면
사람들은 너를 속일지도 모른다.
그래도 정직하고 솔직하라.
네가 오랫동안 이룩한 것을
누군가 하룻밤새 무너뜨릴지도 모른다.
그래도 무언가 이룩하라.

네가 평화와 행복을 누리면

그들은 질투할지 모른다.

그래도 행복하라.

네가 오늘 행한 선을 사람들은 내일 잊어버릴 것이다.

그래도 선을 행하라.

네가 갖고 있는 최상의 것을 세상에 내줘도

부족하다 할지 모른다.

그래도 네가 갖고 있는 최상의 것을 세상에 주어라.

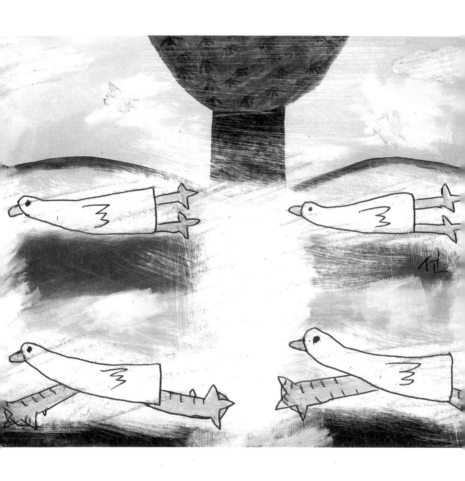

인도 캘커타의 '어린이집'에 새겨져 있는 말로서 마더 테레사의 시로 알려져 있지만 사실은 다른 이의 글입니다. 하지만 누가 썼느냐가 문제가 아니라 '그럼에도 불구하고'라는 메시지가 중요합니다. 내가 최선을 다해 바르게 살아도 다른 이들이 날 이해하고 받아들여주지 않으면 허무주의에 빠지게 됩니다. 그러나 시인은 힘주어 말합니다. '그럼에도 불구하고'라고. 누가 뭐래도 꿋꿋이 내 갈 길을 가며 내가 갖고 있는 최상의 것을 내놓아도 세상은 묵묵부답…. 그럼에도 불구하고 기다리면 언젠가는 세상도 내게 최상의 것을 주겠지요.

켄트 M. 키스 Kent M. Keith   1949~

미국의 작가이자 강연가. 변호사와 공무원으로 일했고, 리더십을 주제로 한 글을 발표하며 강연가로서도 명성을 떨치고 있다. 교육에 대한 관심으로 하와이 호놀룰루의 YMCA의 부위원장을 지냈으며, 세계적인 리더십 아카데미인 로버트 K. 그린리프 서번트 리더십 센터의 CEO로도 활동했다. 2015년, 하와이 호놀룰루의 퍼시픽 림 크리스천 대학교의 총장으로 부임했다.

무슨 소용이리, 그대가 내 곁에 없는데

Love's Philosophy

The fountains mingle with the river
And the rivers with the Ocean…
Nothing in the world is single;
All things by a law divine,
In one spirit meet and mingle.
Why not I with thine?
See the mountains kiss high Heaven,
And the waves clasp one another…
And the sunlight clasps the earth,
And the moonbeams kiss the sea;
What is all this sweet work worth
If thou kiss not me?

사랑의 철학

샘물은 강물과 하나 되고
강물은 다시 바다와 섞인다
이 세상에 혼자인 것은 없다.
만물이 원래 신성하고
하나의 영혼 속에서 섞이는데
내가 왜 당신과 하나 되지 못할까
보라, 산이 높은 하늘과 입맞추고
파도가 서로 껴안는 것을
햇빛은 대지를 끌어안고
달빛은 바다에 입맞춘다.
허나 이 모든 달콤함이 무슨 소용인가
그대가 내게 키스하지 않는다면.

〈사랑의 철학〉, 멋진 제목입니다. 사랑의 근본 원리는 무엇일까요. 시인은 무조건 '하나됨'이라고 말합니다. 해와 산이 만나고, 달과 바다가 만나고, 당신과 내가 만나고…. 이 세상에 어차피 혼자인 것은 없고, 혼자일 수도 없습니다.

그러나 시인은 서로 멀찌감치서 마음만 만나는 것은 반쪽 사랑이라고 말합니다. 마음과 몸이 함께 만나야 합니다. 서로에게 자신을 온전히 바쳐야 합니다. 당신이 내 곁에 없어 지금 입맞출 수 없다면 이 아름다운 세상은 더 이상 아름답지 않습니다.

그게 바로 사랑의 철학입니다.

퍼시 B. 셸리 Percy B. Shelley   1792-1822

영국의 시인이자 극작가. 바이런, 존 키츠와 함께 대표적인 낭만주의 시인으로 꼽
힌다. 반항정신과 철학적 명상을 담은 시를 남겼다. 귀족 출신이지만 기존 정치와
사회, 종교 제도가 빚어낸 사회적인 모순을 철폐하려는 이상을 품었다. 서른 살
이 되던 해, 요트 항해를 하던 중 불의의 사고로 익사하였다. 시신을 화장했는데
심장은 끝까지 타지 않았다고 전해진다.

나무 중 제일 예쁜 나무, 벚나무

Loveliest of Trees, the Cherry Now

Loveliest of trees, the cherry now
Is hung with bloom along the bough,
And stands about the woodland ride
Wearing white for Eastertide.

Now, of my threescore years and ten,
Twenty will not come again,
And take from seventy springs a score,
It only leaves me fifty more.

And since to look at things in bloom
Fifty springs are little room,
About the woodlands I will go
To see the cherry hung with snow.

나무 중 제일 예쁜 나무, 벚나무

나무 중 제일 예쁜 나무, 벚나무가 지금
가지마다 주렁주렁 꽃 매달고
숲속 승마도로 주변에 서 있네,
부활절 맞아 하얀 옷으로 단장하고.

이제 내 칠십 인생에서
스무 해는 다시 오지 않으리.
일흔 봄에서 스물을 빼면
고작해야 쉰 번이 남는구나.

만발한 꽃들을 바라보기에
쉰 번의 봄은 많은 게 아니니
나는 숲속으로 가리라
눈같이 활짝 핀 벚나무 보러.

피천득 선생님의 수필에 새색시가 시집와서 김장 서른 번만 담그면 할머니가 된다는 말이 있습니다. 마찬가지로, 강단에 서서 신입생 서른 번만 맞이하면 학교를 떠나야 하는 노교수가 됩니다. 그런데 나이 들어갈수록 1년이 정말 눈 깜짝할 새입니다. 2005학번을 맞이한 게 엊그제 같은데, 벌써 2006학번 새내기들을 가르치고 있습니다. 시 속의 화자는 우리 학생들 또래로, 스무 살쯤 되어 보입니다. 그래서 칠십 평생에 이제 쉰 번의 봄만 볼 수 있다고 아쉬워합니다. 쉰 번의 봄이 많지 않다니, 그러면 채 스무 번도 안 남은 저는 어쩌란 말인지요.

꽃 피는 아름다운 봄을 영원히 볼 수는 없을진대, 너무 늦게, 이제야 그걸 깨닫습니다. 문득 이런 화창한 날에 내가 숨쉬며 살아 있다는 사실이 눈물겹도록 감사합니다. 올 봄엔 정말 꼭 꽃구경 한번 나서봐야겠습니다.

A. E. 하우스먼 A. E. Housman　　　　　　　　　　　　　1859-1936

영국의 고전학자이자 시인. 절제되고 소박한 문체로 낭만적 염세주의를 표현한 서정시를 썼다. 옥스퍼드 대학교를 졸업하고 대영박물관에서 11년간 독학으로 고전을 연구해 지식인 사회에 큰 영향을 끼쳤다. 생존 당시 뛰어난 고전학자였고 지금도 그의 업적은 높이 평가받고 있다. 런던 대학교와 케임브리지 대학교에서 라틴문학을 가르쳤다.

이제 긴 담을 허물 때

Mending Wall

Something there is that doesn't love a wall,

That sends the frozen-ground-swell under it,

And spills the upper boulders in the sun...

I let my neighbour know beyond the hill;

And on a day we meet to walk the line

And set the wall between us once again.

He is all pine and I am apple orchard.

My apple trees will never get across

And eat the cones under his pines, I tell him.

He only says, "Good fences make good neighbours."

담장 수선

무언가 담장을 좋아하지 않는 게 있다.
그것은 담장 밑 얼어붙은 땅을 부풀게 하여
햇볕 속에 위쪽 둥근 돌들을 떨어뜨린다.
나는 언덕 너머 사는 이웃에게 알리고
날 잡아 하루 만나 경계를 따라 걸으며
우리 사이에 담장을 다시 세운다.
그는 모두 솔밭이고 내 쪽은 사과나무 과수원이니
내 사과나무들이 그쪽으로 건너가
소나무 밑 솔방울들을 먹어치울 리 없다고 말해보지만,
그는 "담장이 튼튼해야 좋은 이웃이지요"라고 말할 뿐.

프로스트의 대표시 중 하나입니다. 봄이 되면 얼어붙었던 땅이 녹아 흙이 부드러워지면서 돌로 쌓은 담이 무너지는 경우가 있습니다. 그러면 이웃들이 만나 '담장 수선'을 합니다. 담장을 다시 손봐야 여기는 내 땅, 저기는 남의 땅이라는 경계를 확실히 할 수 있습니다.

그러나 시인은 "무언가 담장을 좋아하지 않는" 것이 있다고 말합니다. 즉 자연은 자꾸 담장을 허물고 싶어하지만 인간은 자꾸 담장을 새로 쌓는다는 말입니다. 하물며 '좋은 이웃'의 조건은 네 것과 내 것의 소유의 경계를 확실히 하는 것이라고 믿습니다. 경계가 필요 없는 데에도 우리는 습관처럼 담 쌓기를 좋아하고, 마음속에도 열심히 보이지 않는 담을 쌓습니다.

긴 겨울이 가고 어김없이 봄은 찾아와 햇볕이 따뜻하고 바람이 향기롭습니다. 봄은 가난한 집이나 부잣집, 기쁜 사람이나 슬픈 사람 할 것 없이 골고루 찾아옵니다. 그래도 우리는 여전히 담장을 수선하기에 바쁩니다.

로버트 프로스트 Robert Frost   1874-1963

미국의 시인. J. F. 케네디 대통령 취임식에서 자작시를 낭송하는 등 미국의 계관
시인과도 같은 존재였다. 시집 《뉴 햄프셔(New Hampshire)》 등으로 퓰리처상을
네 차례나 수상했다. 주로 뉴잉글랜드 지방의 소박한 농민과 자연, 사과 따기, 울
타리, 시골길과 같이 친숙한 소재로 전세계 독자들의 사랑을 받았다. 또한 인용,
생략법을 거의 쓰지 않으면서 명쾌하고 누구나 쉽게 이해할 수 있는 시를 썼다.

사랑의 증세

Symptoms of Love

Love is a universal migraine,
A bright stain on the vision
Blotting out reason.
Symptoms of true love
Are leanness, Jealousy,
Laggard dawns;
Are omens and nightmares,
Listening for a knock,
Waiting for a sign…
Take courage, lover!
Could you endure such grief
At any hand but hers?

사랑의 증세

사랑은 온몸으로 퍼지는 편두통
이성을 흐리게 하며
시야를 가리는 찬란한 얼룩.
진정한 사랑의 증세는
몸이 여위고, 질투를 하고,
늦은 새벽을 맞이하는 것.
예감과 악몽 또한 사랑의 증상,
노크 소리에 귀기울이고
무언가 징표를 기다리는…
용기를 가져라, 사랑에 빠진 이여!
그녀의 손이 아니라면
너 어찌 그 비통함을 견딜 수 있으랴?

사랑도 일종의 병인가요. 시인은 사랑의 '증세'를 말하고 있습니다. 시의 템포가 빠르고 쉼표를 자주 사용하는 것은 사랑에 빠진 사람 특유의 초조함과 설렘을 나타냅니다. 몸이 여위고, 불면증에 시달리고, 악몽을 꾸고, 그녀의 몸짓 하나 눈짓 하나에 민감해지는 사랑의 증세는 차라리 고통입니다.

하지만 말미에 시는 반전하여 "그녀의 손이 아니라면 너 어찌 그 비통함을 견딜 수 있으랴?"라고 묻습니다. 그녀를 사랑할 수 있다는 것 자체가 하나의 권리요, 사랑의 고뇌도 그녀 없이는 맛볼 수 없는 행복이라는 역설이 깔려 있으니, 앞으로도 '사랑의 증세'는 계속될 듯합니다.

로버트 그레이브스 Robert Graves   1895-1985

영국의 시인이자 소설가. 역사 소설을 다수 발표했으나, 주로 시를 창작하거나 비평가로 활동했다. 제1차 세계대전에 참전한 체험을 바탕으로 시를 쓰기 시작했다. 우아하고 명쾌한 문체가 높은 평가를 받고 있다. 대표작으로 자서전 《모든 것과의 이별(Good—Bye to All That)》(1929), 독자적인 토속 신화 연구 《하얀 여신(The White Goddess)》(1948) 등이 있다.

소유할 수 없는 '아이들의 세계'

Children

Your children are not your children…

They come through you but not from you,

And though they are with you, yet they belong not to you.

You may give them your love but not your thoughts.

For they have their own thoughts.

You may house their bodies but not souls,

For their souls dwell in the house of tomorrow,

which you cannot visit, not even in your dreams.

You may strive to be like them,

but seek not to make them like you.

For life goes not backward nor tarries with yesterday.

당신의 아이들은

당신의 아이들은 당신의 소유가 아닙니다.

그들은 당신을 거쳐 태어났지만 당신으로부터 온 것이 아닙니다.

당신과 함께 있지만 당신에게 속해 있는 것은 아닙니다.

당신은 아이들에게 사랑을 줄 수는 있지만

생각을 줄 수는 없습니다.

그들은 자기의 생각을 가지고 있기 때문입니다.

당신은 아이들에게 육체의 집을 줄 수는 있어도

영혼의 집을 줄 수는 없습니다.

그들의 영혼은 내일의 집에 살고 있고 당신은 그 집을

결코, 꿈속에서도 찾아가면 안 되기 때문입니다.

당신이 아이들처럼 되려고 노력하는 건 좋지만

아이들을 당신처럼 만들려고 하지는 마십시오.

삶이란 뒷걸음쳐 가는 법이 없으며,

어제에 머물러 있는 것도 아니기 때문입니다.

《예언자》라는 책에서 지브란은, 아무리 내가 낳은 자식이라도 아이들은 내 소유가 아니라고 강조합니다. 아이들의 세계가 따로 있고, 어른들은 꿈속에서도 그 세계를 침범해서는 안 된다고 말입니다. 부모들은 단지 활일 뿐, 아이들은 그 활에서 발사되어 날아가는 화살이라고도 말합니다.

하지만 어디까지가 사랑이고 어디까지가 침범인지 구분하기 어렵습니다. 이 세상에 나와 닮은꼴이 있다는 것은 겁나지만 아주 신기한 일입니다. 죽도록 고생해도 그래도 기쁘게 사는 건 오직 아이들을 위해서인데 내 사랑뿐만 아니라 내 생각도 좀 주면 안 될까요. 나도 '어제'의 세상에 머물러 있지 않고 그들과 함께 '내일의 집'을 좀 넘보면 안 될까요.

그 어떤 이론도 통하지 않는 게 자식 키우는 일이 아닌지요.

칼릴 지브란 Kahlil Gibran　　　　　　　　　　　　　1883-1931

레바논의 시인이자 화가, 철학자. 레바논에서 태어나 열두 살 때 가족과 함께 미국으로 이주했다. 이후 홀로 귀국해 수학했으며, 1902년 유럽으로 건너간 뒤 다시는 조국을 찾지 않았다. 인생의 근본적 문제를 제기하며 현대의 성서라 불리는 《예언자(The Prophet)》로 세계적인 사랑을 받았다. 대륙과 종교를 초월하는 사상으로 현대인의 정신적 지주로 일컬어진다. 건강 악화로 마흔여덟 살의 나이에 세상을 떠났다.

미래의 길 밝혀주는 선생님

Teachers

Teachers

Paint their minds and guide their thoughts

Share their achievements and advise their faults

Inspire a Love of knowledge and truth

As you light the path which leads our youth

For our future brightens with each lesson you teach

each smile you lengthen…

For the dawn of each poet, each philosopher and king

Begins with a Teacher and the wisdom they bring.

선생님은

선생님은

학생들 마음에 색깔을 칠하고 생각의 길잡이가 되고

학생들과 함께 성취하고 실수를 바로잡아주고

길을 밝혀 젊은이들을 인도하며

지식과 진리에 대한 사랑을 일깨웁니다.

당신이 가르치고 미소 지을 때마다

우리의 미래는 밝아집니다.

시인, 철학자, 왕의 탄생은 선생님과

그가 가르치는 지혜로부터 시작하니까요.

새삼 선생이라는 나의 직업에 대해 생각해봅니다. 내가 누군가의 마음에 색깔을 칠하고 생각의 길잡이가 된다는 것, 내가 가르치는 지혜로 시인, 철학자, 왕이 탄생한다는 것. 즉 내가 누군가의 삶에 영향을 준다는 것, 문득 선생이라는 직업이 겁이 납니다.

"보통의 선생은 말을 할 뿐이고 좋은 선생은 설명을 한다. 훌륭한 선생은 몸소 보여주고 위대한 선생은 영감을 준다"는 말이 있습니다. 나는 그저 '말을 할' 뿐인 선생이 아니었나 의심이 듭니다. 나 스스로 보여주고 영감을 주는 선생이 되고 싶습니다. 지식뿐만 아니라 지혜를, 현실뿐만 아니라 이상을, 생각뿐만 아니라 사랑을 가르치는 그런 선생이고 싶습니다.

케빈 윌리엄 허프 Kevin William Huff

미국의 웹디자이너이다. 교사인 아내를 위하여 '선생님'을 주제로 한 일련의 시를 썼다.

진정한 '사랑의 삶' 깨닫게 해주소서

A Prayer

When I am dying, let me know
That I loved the blowing snow
Although it stung like whips;
That I loved all lovely things
And I tried to take their stings
With gay unembittered lips;
That I loved with all my strength,
To my soul's full depth and length,
Careless if my heart must break,
That I sang as children sing
Fitting tunes to everything,
Loving life for its own sake.

기도

나 죽어갈 때 말해주소서.
채찍처럼 살 속을 파고들어도
나 휘날리는 눈 사랑했다고.
모든 아름다운 걸 사랑했노라고.
그 아픔을 기쁘고 착한
미소로 받아들이려 애썼다고.
심장이 찢어진다 해도
내 영혼 닿는 데까지 깊숙이
혼신을 다 바쳐 사랑했노라고.
삶을 삶 자체로 사랑하며
모든 것에 곡조 붙여
아이들처럼 노래했노라고.

시인은 기도합니다. 지상에서의 삶을 마감하고 죽을 때 혼신을 다 바쳐 사랑하고 떠난다고 말할 수 있게 해달라고. 이 세상에서의 삶을 삶 그 자체로 사랑하며 기쁘게 살다 간다고 깨닫게 해달라고.

나도 시인처럼 '심장이 찢어지는' 아픔에도 아랑곳하지 않고, 사랑하고 싶다고 말할 수 있을까 새삼 생각해봅니다. 때로 온 마음 다해 사랑한다는 것은 아주 겁나는 일입니다. 휘날리는 눈은 맞으면 차가울까봐 사랑하지 못하고, 아름다운 장미는 가시에 찔릴까봐 사랑하지 못합니다. 버림받을까봐 사랑하지 못하고, 상처받을까봐 다가가지 못합니다.

그래서 이렇게 어영부영 살아가다가 정작 떠나야 할 날이 올 때 사랑 한번 제대로 못하고 떠난다는 회한으로 너무 마음이 아프면 어떡하지요?

새러 티즈데일 Sara Teasdale   1884-1933

미국의 시인. 고전적 단순성, 차분한 강렬함이 있는 서정시로 주목받았다. 〈사랑의 노래(Love Songs)〉(1917)로 퓰리처상을 수상했다. 시집으로는 《두스에게 보내는 소네트 외(Sonnets to Duse and Other Poems)》(1907)를 비롯하여, 《바다로 흐르는 강(Rivers to the Sea)》(1915), 《불길과 그림자(Flame and Shadow)》(1920), 《별난 승리(Strange Victory)》(1933) 등이 있다.

희망은 우리가 열심히 일하거나 간절히 원해서 생기는 게 아닙니다.
상처에 새살이 나오듯, 죽은 가지에 새순이 돋아나듯, 희망은 절로
생기는 겁니다. 희망은 우리가 삶에서 공짜로 누리는 제일 멋진 축복
입니다.

희망은 세상에서 제일 멋진 축복

Hope Is the Thing with Feathers

Hope is the thing with feathers
That perches in the soul
And sings the tune without the words
And never stops at all.

And sweetest in the gale is heard;
And sore must be the storm
That could abash the little bird
That kept so many warm.

I've heard it in the chilliest land
And on the strangest sea;
Yet never in extremity
It asked a crumb of me.

희망은 한 마리 새

희망은 한 마리새
영혼 위에 걸터앉아
가사 없는 곡조를 노래하며
그칠 줄을 모른다.

모진 바람 속에서 더욱 달콤한 소리
아무리 심한 폭풍도
많은 이의 가슴 따뜻이 보듬는
그 작은 새의 노래 멈추지 못하리.

나는 그 소리를 아주 추운 땅에서도,
아주 낯선 바다에서도 들었다.
허나 아무리 절박해도 그건 내게
빵 한 조각 청하지 않았다.

희망은 우리의 영혼에 살짝 걸터앉아 있는 한 마리 새와 같습니다. 행복하고 기쁠 때는 잊고 살지만, 마음이 아플 때, 절망할 때 어느덧 곁에 와 손을 잡습니다.

희망은 우리가 열심히 일하거나 간절히 원해서 생기는 게 아닙니다. 상처에 새살이 나오듯, 죽은 가지에 새순이 돋아나듯, 희망은 절로 생기는 겁니다. 이제는 정말 막다른 골목이라고 생각할 때, 가만히 마음속 깊은 곳에서 들려오는 소리에 귀 기울여보세요. 한 마리 작은 새가 속삭입니다.

"아니, 괜찮을 거야, 이게 끝이 아닐 거야. 넌 해낼 수 있어." 그칠 줄 모르고 속삭입니다. 생명이 있는 한, 희망은 존재하기 때문입니다.

그래서 희망은 우리가 삶에서 공짜로 누리는 제일 멋진 축복입니다.

에밀리 디킨슨 Emily Dickinson   **1830-1886**

미국의 시인. 자연과 사랑, 청교도주의를 바탕으로 죽음과 영원 등의 주제를 담은 시들을 남겼다. 평생을 칩거하며 독신으로 살았고, 시 창작에 전념했다. 죽은 후에야 2000여 편의 시를 쓴 것이 알려졌다. 19세기 낭만파보다 형이상학파에 가까운 작품 세계로, 19세기에는 크게 인정받지 못했다. 그러나 20세기에 들어 이미지즘, 형이상학적 시 유행이 시작되면서 높은 평가를 받았다.

놓지 마세요, 당신만의 실을

The Way It Is

There's a thread you follow. It goes among

things that change. But it doesn't change.

People wonder about what you are pursuing.

You have to explain about the thread.

But it is hard for others to see.

While you hold it you can't get lost.

Tragedies happen; people get hurt

or die; and you suffer and get old.

Nothing you do can stop time's unfolding.

You don't ever let go of the thread.

삶이란 어떤 거냐 하면

네가 따르는 한 가닥 실이 있단다. 변화하는
것들 사이를 지나는 실. 하지만 그 실은 변치 않는다.
사람들은 네가 무엇을 따라가는지 궁금해 한다.
너는 그 실에 대해 설명해야 한다.
그렇지만 다른 이들에겐 잘 보이지 않는다.
그것을 잡고 있는 동안 너는 절대 길을 잃지 않는다.
비극은 일어나게 마련이고, 사람들은 다치거나
죽는다. 그리고 너도 고통 받고 늙어간다.
네가 무얼 해도 시간이 하는 일을 막을 수는 없다.
그래도 그 실을 꼭 잡고 놓지 말아라.

우리 학생들 일기장에 써놓게 하고 싶은 시입니다. 우리가 사는 삶이 하나의 여정이라면, 방향 표지판이 있어야 합니다. 그 표지판을 따라가야 길을 잃지 않고 제대로 도착지에 도달할 수 있습니다. 그것은 내가 좇는 꿈일 수도 있고, 믿음, 그리고 정의일 수도 있습니다. 이 세상 모든 게 다 변해도 그것만은 변하지 않고, 또 변해도 안 됩니다.

그렇지만 시인은 왜 하필이면 실이라는 이미지를 썼을까요. 가느다란 실은 엉키고 끊어지기 쉽습니다. 시간이 제멋대로 펼쳐놓는 비극에 부대끼면서 자칫 실을 놓칠 수도 있고, 좀 더 쉽고 편해 보이는 샛길로 빠져버릴 수도 있습니다.

어른들이 올곧게 따라가야 할 실을 놓고 우왕좌왕 헤맬 때, 젊은 사람들은 누가 뭐래도 이상을 버리지 말고 옳은 길을 따르는 신념을 배웠으면 합니다.

윌리엄 스태퍼드 William Stafford　　　　　　　　　1914-1993

미국의 시인이자 영문학자. 제2차 세계대전 당시 양심적 참전 거부자로 봉사활동을 했다. 대학에서 영문학을 가르쳤고 오리건 주의 계관 시인을 지냈다. 시집 《어둠 속의 여행(Travelling through the Dark)》(1962)으로 전미도서상을 받았다. 기존의 시적 화법에서 벗어난 일상적이고 평범한 서술을 선호했다. 이는 미국 시단에 크나큰 영향을 주었고, 당시의 시풍을 변화시킨 계기가 되었다.

혜매본 사람만이 길을 안다.

All That Is Gold Does Not Glitter

All that is gold does not glitter,

Not all those who wander are lost

The old that is strong does not wither,

Deep roots are not reached by frost.

From the ashes a fire shall be woken,

A light from the shadows shall spring;

Renewed shall be blade that was broken,

The crownless again shall be king.

금이라 해서 다 반짝이는 것은 아니다

금이라 해서 다 반짝이는 것은 아니며
헤매는 자 다 길을 잃은 것은 아니다.
오래되었어도 강한 것은 시들지 않고
깊은 뿌리에는 서리가 닿지 못한다.
타버린 재에서 새로이 불길이 일고,
어두운 그림자에서 빛이 솟구칠 것이다.
부러진 칼날은 온전해질 것이며,
왕관을 잃은 자 다시 왕이 되리.

유명한 《반지의 제왕》 1부에 나오는 시입니다. 시행 하나하나가 모두 경구처럼 읽히지만, 특히 "헤매는 자 다 길을 잃은 것은 아니다"라는 말이 인상 깊습니다. 살아보니 인생은 일사천리로 쭉 뻗은 고속도로가 아닙니다. 숲속의 꼬불꼬불한 오솔길도 지나고, 어디 봐도 지평선밖에 보이지 않는 허허벌판 광야도 지나고, 빛줄기 하나 없는 터널도 지납니다. 이제 더 이상 갈 수 없는 막다른 골목도 나옵니다. 하지만 헤매본 사람만이 길을 알 수 있습니다.

그렇지만 길눈 어둡기로 소문난 저는 늘 생각합니다. 남들은 조금만 헤매도 쭉 뻗은 고속도로를 잘도 찾는데 왜 나는 끝없이 헤매고만 있는지, 남들이 갖고 있던 쇠붙이는 다 알고 보니 금덩어리라는데 왜 내 것은 그냥 쇠붙이일 뿐인지….

그래도 동서남북 가늠 못하고 정신없이 헤매면서 보는 세상이 재미있고, 이러다 문득 어디선가 길이 나오겠지 하는 희망은 있습니다.

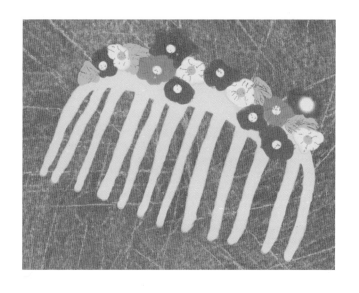

J. R. R. 톨킨 J. R. R. Tolkien   1892-1973

영국의 학자이자 소설가. 34년간 옥스퍼드 대학교 교수를 지내며 20세기 영문학
사에 큰 발자취를 남겼다. 첫 작품으로 10년간의 연구 끝에 스칸디나비아의 서사
시 영웅들에 상상력을 더해 쓴 《호빗》을 출간하였다. 이후 북유럽의 설화를 바탕
으로 한 《반지의 제왕(The Lord of the Rings)》 3부작을 발표하며 현대 판타지
소설 장르를 발전시켰다. 두 작품 모두 영화화되어 전세계적인 인기를 끌었다.

행동하라, 살아 있는 현재 속에서

A Psalm of Life

Tell me not, in mournful numbers,

Life is but an empty dream!…

Life is real! Life is earnest!

And the grave is not its goal…

Trust no future, howe'er pleasant!

Let the dead Past bury its dead!

Act,—act in the living present!…

Let us, then, be up and doing,

With a heart for any fate;

Still achieving, still pursuing,

Learn to labor and to wait.

인생 찬가

슬픈 가락으로 내게 말하지 말라.
인생은 단지 허망한 꿈일 뿐이라고!
삶은 환상이 아니다! 삶은 진지한 것이다!
무덤이 삶의 목적지는 아니지 않은가.
아무리 행복해 보인들 '미래'를 믿지 말라.
죽은 '과거'는 죽은 이들이나 파묻게 하라!
행동하라, 살아 있는 현재 속에서 행동하라!
그러니 이제 우리 일어나 무엇이든 하자.
그 어떤 운명과도 맞설 용기를 가지고
언제나 성취하고 언제나 추구하며
일하고 기다리는 법을 배우자.

살다보면 살아가는 일도 타성이 되어버립니다. 기쁜 일도 슬픈 일도 많이 겪다보면 익숙해져서 그저 그런가 보다, 그냥 이렇게 살다 떠나지, 별 생각 없이 사는데 어디선가 들려오는 우레 소리 같습니다. 무력감과 권태에 빠져 잠들어버린 영혼을 깨우는 소리입니다.

공수래공수거空手來空手去, 인생은 어차피 허망한 것이라고 포기하는 허무주의, 운명의 횡포는 어쩔 수 없다고 주저앉아버리는 패배주의, 과거의 영화에 연연하여 현재를 보지 못하는 과거주의…. 모두 털어버리고 그 어떤 운명과도 맞설 용기를 갖고 일어나 행동하라고 촉구합니다. 어제도 내일도 아닌 오늘, 그리고 바로 여기 내가 서 있는 자리에서 최선을 다하면서 기다림의 미덕을 배우라고 알려줍니다.

삶은 기다림이 있을 때 기뻐지니까요.

헨리 왜즈워스 롱펠로 Henry Wadsworth Longfellow   1807-1882

미국의 시인. 열네 살에 보든 대학교에 입학하였으며, 이때 소설 《주홍글씨(The Scarlett Letter)》의 작가 너새니얼 호손을 만나 평생 우정을 나눴다. 보든 대학교 최초의 현대 언어학 교수가 되었고, 이후 하버드 대학교에서 18년간 재직했다. 시인으로서 큰 대중적 인기를 누리는 동시에 유럽 각국의 민요를 영어로 번안, 번역한 공로를 인정받았다. 미국 최초로 단테의 《신곡(Divine Comedy)》을 번역했고, 그에 붙인 소네트 《신곡》이 그의 최고 걸작으로 평가된다.

아들아, 고난과 도전까지 끌어안아라

Build Me a Son

Build me a son, O Lord…
one who will be proud and unbending in honest defeat,
and humble and gentle in victory.…

Lead him, I pray, not in the path of ease and comfort,
but under the stress and spur of difficulties and challenge.
Here, let him learn to stand up in the storm;
here, let him learn compassion for those who fall.

Build me a son whose heart will be clear, whose goals will be high;
a son who will master himself before he seeks to master other men;
one who will learn to laugh, yet never forget how to weep
one who will reach into the future, yet never forget the past.…

자녀를 위한 기도

주여, 제 아들을 이렇게 만들어주소서.
정직한 패배에 부끄러워하지 않고 꿋꿋하며
승리에 겸손하고 온유하게 하소서.

비오니 그를 평탄하고 안이한 길이 아니라
고난과 도전의 긴장과 자극 속으로 인도해주옵소서.
그래서 폭풍우 속에서 분연히 일어설 줄 알고
넘어지는 사람들에 대한 연민을 배우게 하소서.

마음이 맑으며 높은 목표를 갖고
남을 다스리려 하기 전에 먼저 자신을 다스리고,
소리 내어 웃을 줄 알되 울 줄도 알고
미래로 나아가되 결코 과거를 잊지 않는 아들로 만들어주소서.

맥아더 장군 하면 인천상륙작전의 지휘관으로 전쟁사에 남을 이름이지만, 파이프 담배를 문 군인의 모습뿐만 아니라 시와 진배없는 이렇게 감동적인 기도문을 쓴 것으로도 유명합니다.

영국 시인 새뮤얼 콜러리지Samuel Coleridge는 "사랑을 많이 하는 사람은 기도도 잘한다(He prayth best, who loveth best)"고 했습니다. 아무리 그악한 사람도 기도하는 모습은 아름답습니다. 기도 속에는 애절한 소망과 사랑이 담겨 있기 때문입니다.

맥아더가 군인으로 오래도록 기억되는 것은 총 잘 쏘고 전략 잘 짜는 기술뿐만 아니라 이러한 기도문을 쓸 줄 아는 사랑하는 마음을 가졌기 때문인지도 모릅니다.

더글러스 맥아더 Douglas MacArthur   1880-1964

미국의 군인. 웨스트포인트 사관학교를 수석으로 졸업한 뒤 육군에 근무했다. 태평양전쟁 당시 미군 최고사령관으로 활동 중에 제2차 세계대전이 발발하자 진주만을 기습한 일본을 공격하여 1945년 8월, 일본을 전패시켰다. 또한 동아시아 전문가로서 한국전쟁 때 유엔군 최고사령관으로 부임해 인천상륙작전을 지휘했다. 공화당의 대통령 후보로 지명되기도 했다. '노병은 죽지 않는다. 다만 사라질 뿐이다'라는 유명한 말을 남겼다.

영혼의 불꽃은 세월을 모른다

Do Not Go Gentle into That Good Night

Do not go gentle into that good night,
Old age should burn and rave at close of day;
Rage, rage against the dying of the light....

Grave men, near death, who see with blinding sight
Blind eyes could blaze like meteors and be gay,
Rage, rage against the dying of the light....

순순히 저 휴식의 밤으로 들지 마십시오

그대로 순순히 저 휴식의 밤으로 들지 마십시오.
하루가 저물 때 노년은 불타며 아우성쳐야 합니다.
희미해져 가는 빛에 분노하고 또 분노하십시오.

죽음을 맞아 침침한 눈으로 바라보는 근엄한 이여,
시력 없는 눈도 운석처럼 타오르고 기쁠 수 있는 법,
희미해져 가는 빛에 분노하고 또 분노하십시오.

육신이 힘을 잃고 늙어간다고 그대로 자연의 법칙에 순명하여 죽음을 기다리지 마십시오.

결국 잠들어버리는 것이 우리의 운명이라지만, 생명의 빛이 사위어가는 것에 분노하십시오.

별똥별이 마지막 빛을 뿜는 것처럼, 황혼이 작열하는 태양보다 더 아름다운 것처럼, 이제 떠나기 전 이 세상에 좋은 흔적 하나 남기려고 분연히 일어나야 할 때입니다.

영혼의 불꽃을 더욱 치열하게 불사를 때입니다.

삶의 무대는 관객과 배우 역할을 동시에 할 수 있는 가장자리가 더욱 의미 있습니다.

딜런 M. 토머스 Dylan M. Thomas   1914-1953

영국의 시인. 첫 시집인 《18편의 시(18 Poems)》(1934)가 폭발적인 인기를 얻으며 젊은 천재시인으로 인정받았고, 이후 1930년대를 대표하는 시인이 되었다. 충격적인 이미지가 이어지는 시의 심상과 음주와 기행을 일삼는 삶이 겹쳐져 전설적인 인물로 알려졌다. 가난에 시달리면서도 위선에 맞서고 전쟁을 증오하며 생명이 넘치는 시를 쓰고자 했다. 제2차 세계대전 이후 미국 전역을 여행하며 강연과 시 낭독을 했고 미국에서도 널리 사랑받았다.

한 알의 모래에서 우주를 보라

Auguries of Innocence

To see a World in a grain of sand,

And a Heaven in a wild flower,

Hold Infinity in the palm of your hand,

And Eternity in an hour...

순수를 꿈꾸며

한 알의 모래 속에서 세계를 보고
한 송이 들꽃 속에서 천국을 본다.
손바닥 안에 무한을 거머쥐고
순간 속에서 영원을 붙잡는다.

'의상조사義湘祖師 법성계法性偈'에도 이와 비슷한 말이 나옵니다. "일미진중함시방一微塵中含十方 일념즉시무량겁一念卽時無量劫". 티끌 하나가 온 우주를 머금었고, 찰나의 한 생각이 끝도 없는 영겁이어라….

눈에 보이는 것이 다가 아닙니다. 티끌이 단지 티끌이 아니고 한 송이 보잘것없는 들꽃이 단지 들꽃이 아닙니다. 우주의 모든 개체 속에는 완벽한 삼라만상의 조화가 숨어 있습니다. 인간도 무한한 능력과 조화를 갖춘 '소우주'입니다.

지금 내가 숨쉬고 있는 이 순간 속에 내 과거와 미래와 영겁이 있고, 지금 내가 선 이 자리는 무한한 우주공간과 맞물려 있습니다. 딱정벌레, 도롱뇽, 풀 한 포기…. 아무리 작고 보잘것없는 존재들도 시간과 공간의 거대한 그물 속에 없어서는 안 될 작은 그물눈입니다.

하늘을 쳐다봅니다. 갑자기 지금의 내 자리가 아찔할 정도로 황홀해집니다.

윌리엄 블레이크 William Blake   1757-1827

영국의 시인이자 화가. 간결한 시구로 인생의 문제를 깊이 파고들었으며, R. 번스와 함께 영국 낭만주의의 선구자가 되었다. 성서의 삽화를 그리는 등 화가로서도 천재성을 보였다. 정규 교육을 받지 못했지만 열다섯 살 때 판각가에게 일을 배우며 재능을 키워갔고, 왕립미술원에서 수학하기도 했다. 결혼한 이듬해에 출간한 시집 《시적 소묘(Poetical Sketches)》 이후 더 많은 자신의 글과 그림을 동판화로 제작했고, 자신만의 동판화 제작법인 '채색인쇄법'을 개발했다.

일어나 뜨거운 깃발을 흔들자

Show the Flag

Show the flag that all may see
That you serve humanity.
Show the flag and let it fly,
Cheering every passer-by.
Men that may have stepped aside,
May have lost their old-time pride,
May behold it there, and then,
Consecrate themselves again.

깃발을 꺼내라

깃발을 꺼내라, 그대가 인류를 위해
몸 바치는 것을 모든 이가 다 보도록.
깃발을 꺼내라, 그리고 흔들어라
지나는 이 모두 기쁨에 들뜨도록.
옆길로 비켜선 사람들
이전의 자부심을 잃은 사람들
모두 다 그 깃발을 보고
다시 힘내어 정진할 수 있도록.

'대—한민국!' 모두가 하나 되어 지르는 함성 소리에 괜스레 가슴이 벅차오는 오늘(2004년 8월 20일)니다. 혼신을 다해 질주하는 선수들, 숨이 차서 고통에 일그러진 얼굴들, 승리를 위해 치열하게 부릅뜬 눈! 조국의 영광을 위해 사투하는 젊은 이들의 모습이 자랑스럽습니다.

승패를 떠나 하나가 되는 우리의 모습이 새삼스럽고, 우리도 그들을 닮고 싶습니다.

그래서 너무 힘들어 이젠 그만 걷겠다고 옆길로 비켜섰던 사람들, 자신만만했던 시절은 옛말일 뿐 이제는 희망이 없다고 포기해버린 사람들도 자랑스러운 그들을 위해서 깃발을 흔듭니다.

누군가 말하더군요. '내 힘들다'를 거꾸로 하면 '다들 힘내'가 된다고. 힘들어도 다들 힘내 자기 안에 숨어 있는 용기와 인내, 열정의 깃발을 다시 흔들어야겠습니다.

에드거 A. 게스트 Edgar A. Guest   1881-1959

미국의 시인. 영국에서 태어났지만 훗날 미국의 국민 시인으로 불렸다. 읽기 쉬
우면서도 호소력 있고 감상적인 그의 시는 20세기 전반을 풍미했다고 해도 좋
을 만큼 엄청난 인기를 끌었다. 그의 시는 아우디, 크라이슬러 자동차 광고에서
도 꾸준히 인용할 정도로 사랑받고 있다. 이 시의 제목인 "See It Through(끝까
지 해보라)", "It Couldn't Be Done(사람들은 끝까지 할 수 없다고 말하지)" 등의
문구가 유명하다.

누군가의 상처를 이해한다는 건

Song of Myself

…Agonies are one of my changes of garments,

I do not ask the wounded person how he feels,

I myself become the wounded person,

My hurts turn livid upon me

as I lean on a cane and observe…

나의 노래

고뇌는 내가 갈아입는 옷 중 하나이니
나는 상처받은 사람에게 기분이 어떤지 묻지 않는다
나 스스로 그 상처받은 사람이 된다.
내 지팡이에 기대 바라볼 때
내 상처들은 검푸르게 변한다.

무언가를 이해하려면 진정 그것이 되어야 합니다. 나무를 이해하려면 나무가 되어야 하고 바위를 이해하려면 바위가 되어야 합니다. 상처받은 사람의 아픔을 이해하기 위해서는 '아, 저이는 참 아프겠다'고 생각하는 것만으로는 부족합니다. 그 사람을 오래 바라보고 나도 상처받은 사람이 되어야 합니다. 그렇게 '됨'으로써, 그의 외면의 모습이 아니라 마음을 이해할 수 있습니다.

남이 '될' 수 있는 사람만이 나를 알 수 있습니다. 남의 마음을 이해해야 나를 알고, 나를 알아야 당당하고 아름다운 '나의 노래'를 부를 수 있습니다.

월트 휘트먼 Walt Whitman   1819-1892

미국의 시인. 열한 살부터 일을 하였고 정규교육을 받지 못했으나 대부분 독학으로 지식을 깨우쳤다. 이는 전통적인 시의 운율과 각운을 무시하고 일상의 언어와 자유로운 리듬을 구사한 시집 《풀잎(Leaves of Grass)》을 쓴 바탕이 되었다. 《풀잎》은 민주주의, 평등주의를 노래하며 미국 시단의 새로운 시 세계를 열었다는 평을 받았으며 미국 문학사에서 중요한 의의를 지니게 되었다. 이 시는 그의 대표작인 장시 〈나의 노래(Song of Myself)〉 중 일부이다.

세상이 고통 줘도 작은 사랑만 있으면…

At a Window

Give me hunger,

O you gods that sit and give

The world its orders.

Shut me out with shame and failure

From your doors of gold and fame…

But leave me a little love,

A voice to speak to me in the day end,

A hand to touch me in the dark room

Breaking the long loneliness…

(Let me go to the window,

Watch there the day-shapes of dusk

And wait and know the coming

Of a little love.)

창가에서

제게 배고픔을 주소서.
오, 권좌에 앉아서 이 세상에
명령을 내리시는 당신네, 신들이여.
수치와 실패로 쫓으시어 나를
부귀와 명성의 문에서 떨치소서.
그러나 작은 사랑 하나 남기소서.
길고 긴 외로움을 깨뜨리며
하루가 끝나갈 때 내게 말 건네줄 목소리 하나
어두운 방 안에서 잡아줄 손길 하나.
(저로 하여금 창으로 가서 거기서
어스름 속의 낮의 형상들을 바라보며
기다리게 하시어 작은 사랑 하나 내게
다가옴을 알게 하소서.)

간혹 벌떡 일어나 하늘에 대고 소리치고 싶을 때가 있습니다. '왜 날 못살게 굽니까? 내가 뭘 잘못했다고? 그 높은 권좌에 앉아서 명령만 내리면서 내가 얼마나 힘들고 고통스러운지, 왜 그걸 몰라줍니까?' 하고….

그래도 성에 차지 않으면 '어디 한번 해볼 테면 해보시라'는 오기가 발동할 때도 있습니다. 그러나 마음속 깊이 알고 있습니다. 아무리 큰 고통도 내 아픔을 위로해주는 목소리 하나, 허공에 내미는 손을 잡아주는 손 하나, 그런 작은 사랑이 있으면 견뎌낼 수 있다는 것을 말입니다.

창은 기도의 장소입니다. 하늘을 보고 마음을 여는 곳입니다. 구름이 있어 아름다운 노을을 만들듯이, 어둠 속에 나타나는 별이 더욱 아름다움을 깨닫는 곳입니다.

칼 샌드버그 Carl Sandburg   1878-1967

미국의 시인. 스웨덴계 이민자 집안에서 태어났고, 노동자들이 쓰는 비속어를 시에 도입한 《시카고(Chicago)》(1914)를 발표해 전통적인 시어에 익숙했던 독자에게 충격을 던졌다. 링컨 연구자로도 유명한데, 시로 퓰리처상을 두 차례 수상했으며 링컨 자서전으로 또 한 차례의 퓰리처상을 수상했다. 1967년, 그가 세상을 떠나자 미국 대통령 린던 B. 존슨은 "미국의 목소리 그 이상을 낸 위인이며, 박력있고 천재적인 시 그 이상을 만들어냈다. 칼 샌드버그는 미국 그 자체다"라고 헌사했다.

짧은 삶, 긴 고통, 오랜 기쁨

Cui Bono

What is Hope? A smiling rainbow
    Children follow through the wet;
'Tis not here, still yonder, yonder:
    Never urchin found it yet.

What is Life? A thawing iceboard
    On a sea with sunny shore;?
Gay we sail; it melts beneath us;
    We are sunk, and seen no more.

What is Man? A foolish baby,
    Vainly strives, and fights, and frets;
Demanding all, deserving nothing;?
    One small grave is what he gets.

쿠이 보노

희망이란 무엇일까? 미소 짓는 무지개
아이들이 빗속에서 따라가는 것.
눈 앞에 있지 않고 자꾸자꾸 멀리 가서
그걸 찾은 개구쟁이는 없다.

삶이란 무엇일까? 녹고 있는 얼음판
햇볕 따스한 해변에 떠 있는 것.
신나게 타고 가지만 아래서부터 녹아들어
우리는 가라앉고, 보이지 않게 된다.

인간이란 무엇일까? 어리석은 아기
헛되이 노력하고 싸우고 안달하고
아무런 자격도 없이 모든 걸 원하지만
얻는 것은 고작해야 작은 무덤 하나.

'쿠이 보노'는 라틴어로 '누구의 이익을 위한 것인가', 또는 '무슨 소용 있는가'라는 뜻입니다. 시인은 '이렇게 덧없이 스쳐 가는 삶이 무슨 소용 있을까요?'라고 자문하고 있는 거지요.

희망은 무지개처럼 아름답고 늘 손에 잡힐 듯 가까이 있지만 막상 손을 뻗으면 사라져버리는 것 같습니다.

아등바등 한세상 살다가 결국 차지하는 것은 작은 무덤 하나. 그래도 마치 빚 독촉 하듯이 우리는 조금만 더, 조금만 더 달라고 철없는 아기처럼 보챕니다. 우리가 타고 가는 얼음판은 지금도 자꾸만 작아지고 있는데 말입니다.

하지만 결국 빈털터리로 간다고 해도 그런 욕망이 없다면 무슨 재미로 살까요? 곧 사라져버린다 해도 무지개는 여전히 아름답고 당장 손에 잡히지 않는다 해도 희망은 그 존재만으로 삶의 기둥이 됩니다.

삶이 짧다고 해서 우리가 겪는 고통이 짧거나 기쁨이 더 작아 보이지는 않습니다. 우리가 사는 하루하루가 바로 삶의 축약판이니까요.

토머스 칼라일 Thomas Carlyle　　　　　　　　　　　　　1795-1881

영국의 역사가이자 비평가. 청교도 가정에서 성장했고 독일 문학과 관념론 철학을 연구하면서 본격적으로 문학에 전념했다. 역사서 《프랑스 혁명(The French Revolution)》(1837)으로 명성을 얻었고 《프리드리히 대왕전(The History of Frederick II of Prussia, Called Frederick the Great)》(6권)을 비롯해 여러 저서를 남겼다. 영웅적 지도자를 주장했지만, 반민주의적 견해로 주류가 되지는 못했다.

고통을 기쁨으로 받아들일 수 있다면…

Alchemy

I lift my heart as spring lifts up
A yellow daisy to the rain;
My heart will be a lovely cup
Altho' it holds but pain.

For I shall learn from flower and leaf
That color every drop they hold,
To change the lifeless wine of grief
To living gold.

연금술

봄이 빗속에 노란 데이지꽃 들어올리듯
나도 내 마음 들어 건배합니다.
고통만을 담고 있어도
내 마음은 예쁜 잔이 될 겁니다.

빗물을 방울방울 물들이는
꽃과 잎에서 나는 배울 테니까요.
생기 없는 슬픔의 술을 찬란한 금빛으로
바꾸는 법을.

봄비를 함빡 머금은 노란 데이지꽃이 마치 맑은 술이 담긴 잔 같이 보입니다. 무색의 빗물은 꽃 안에서 예쁜 금빛이 됩니다.

우리의 마음도 잔과 같습니다. 때로는 희망과 기쁨을, 때로는 절망과 슬픔을 담게 됩니다. 시인의 마음속 잔에는 지금 고통만이 담겨 있습니다. 하지만 빗물을 금빛으로 변화시키는 데이지꽃처럼 시인은 고통을 기쁨으로 바꾸겠다고 말합니다. 그러면 시인의 마음은 데이지꽃 못지않은 예쁜 잔이 되겠지요.

우리 마음의 잔에는 쓰디쓴 고통만이 담겨 있을 때가 많습니다. 그것을 찬란한 지혜, 평화, 기쁨으로 바꾸는 것이 삶의 연금술이지요.

그건 아는데, 머리로는 뻔히 아는데, 정말 시인이 말하는 것처럼 멋진 삶의 연금술사가 되기란 얼마나 힘이 드는지요.

새러 티즈데일 Sara Teasdale　　　　　　　　1884-1933

미국의 시인. 고전적 단순성. 차분한 강렬함이 있는 서정시로 주목받았다. 〈사랑의 노래(Love Songs)〉(1917)로 퓰리처상을 수상했다. 시집으로는 《두스에게 보내는 소네트 외(Sonnets to Duse and Other Poems)》(1907)를 비롯하여, 《바다로 흐르는 강(Rivers to the Sea)》(1915), 《불길과 그림자(Flame and Shadow)》(1920), 《별난 승리(Strange Victory)》(1933) 등이 있다.

탐욕에 찌든 인간들은 들으라

Inscription on the Monument of a Newfoundland Dog

Near this spot

are deposited the remains of one

who possessed beauty without vanity

strength without insolence

courage without ferocity

and all the virtues of man without his vices.

This praise, which would be unmeaning flattery

if inscribed over human ashes,

is but a just tribute to the memory of

Boatswain, a dog

who was born at Newfoundland, May, 1803,

and died at Newstead Abbey, Nov. 18, 1808.

어느 뉴펀들랜드 개의 묘비명

여기에

그의 유해가 묻혔도다.

그는 아름다움을 가졌으되 허영심이 없고

힘을 가졌으되 거만하지 않고

용기를 가졌으되 잔인하지 않고

인간의 모든 덕목을 가졌으되 악덕은 갖지 않았다.

이러한 칭찬이 인간의 유해 위에 새겨진다면

의미 없는 아부가 되겠지만

1803년 5월 뉴펀들랜드에서 태어나

1808년 11월 18일 뉴스테드 애비에서 죽은

개 보우슨의

영전에 바치는 말로는 정당한 찬사이리라.

바이런이 자신의 개 보우슨이 죽었을 때 쓴, 실제로 개의 묘비에 새겨진 시입니다. 사랑하는 개의 죽음을 애도하고 있지만, 동시에 겉모습이 좀 아름다우면 잘난 척하고, 힘 좀 있으면 오만하고, 용기 좀 있으면 잔인해지는 인간들의 야비한 성향을 꼬집고 있지요.

묘비에는 이 시 밑에 좀 더 작은 글씨로 인간성을 더욱 신랄하게 풍자하는 장시가 적혀 있습니다. "오, 노역으로 타락하고 권력으로 부패한 인간, 시간의 차용자여, 당신의 사랑은 욕망일 뿐이요, 당신의 우정은 속임수, 당신의 미소는 위선, 당신의 언어는 기만이리니! 〔…〕 내 생애 진정한 친구는 단 하나였고, 여기에 그가 묻혀 있도다."

기껏해야 '시간의 차용자'인 주제에 마치 영원히 살 듯, 내일 좀더 사람답게 살아야지 생각하고, 오늘은 달면 삼키고 쓰면 뱉으며 의리 없이 살아가는 저의 마음에 경종을 울립니다.

조지 고든 바이런 경 George Gordon Lord Byron   1788-1824

영국의 시인. 낭만주의파로 비통한 서정. 날카로운 풍자. 근대적 고뇌가 담긴 작품을 썼다. 연이은 스캔들에 휘말린 미남으로도 알려져 있다. 스물여덟 살에 고국을 등지고 이탈리아, 그리스의 독립운동을 돕던 중 열병에 걸려 이국에서 생을 마쳤다. 16000행이 넘는 미완성 풍자 서사시 《돈 후안 (Don Juan)》을 끝으로 짧은 생을 살았지만 그의 시는 세상에 남아 전 유럽을 풍미하였다.

하늘의 눈으로 보면…

Flower in the Crannied Wall

Flower in the crannied wall,

I pluck you out of the crannies;

Hold you here, root and all, in my hand,

Little flower — but if I could understand

What you are, root and all, and all in all,

I should know what God and man is.

암벽 사이에 핀 꽃

틈이 벌어진 암벽 사이에 핀 꽃
그 암벽 틈에서 널 뽑아들었다.
여기 뿌리까지 널 내 손에 들고 있다.
작은 꽃―하지만 내가 너의 본질을
뿌리까지 송두리째 이해할 수 있다면
하느님과 인간이 무언지 알 수 있으련만.

앨프리드 테니슨 경 Alfred Lord Tennyson   1809-1892

영국의 시인. 빅토리아 여왕이 가장 사랑한 시인 중 하나이다. 윌리엄 워즈워드
후임으로 계관 시인 작위를 받아 국보적 존재가 되었다. 초기의 시들이 혹평받
고, 설상가상으로 존경하고 아끼던 친구인 아서 헨리 핼럼이 급사하자 10년간
절필하였다. 그러나 주변의 격려로 1850년, 핼럼을 위해 133편의 장시를 시집
《A. H. H.를 추모하며(In Memoriam A. H. H.)》로 출간하였고 명성을 얻었다. 친
구의 죽음을 애도하는 시 〈사우보(In Memoriam)〉(1850)가 걸작으로 꼽힌다.

길을 가다가 문득 암벽 사이에서 작은 풀꽃 하나를 발견합니다. 딱딱한 바위틈에 뿌리를 내리고 피어 있는 게 신기해서 손에 들고 자세히 들여다보니, 아주 작지만 섬세한 꽃술과 꽃잎, 꽃받침까지 완벽합니다. 전에는 진한 향기를 풍기며 흐드러지게 피는 꽃들에 취해서 그 소박한 아름다움을 보지 못했을 뿐입니다. 아무도 모르는 곳에 숨어서 아름다움을 발하는 생명 자체가 모두 신비이고 신의 축복이라는 걸 미처 몰랐을 뿐입니다.

척박한 암벽 사이에서도 작은 풀꽃이 피듯이, 가난하고 힘든 생활 속에서도 우리는 꽃을 피웁니다. 거창한 명분을 떠들어대는 사람들 뒤에서 우리는 오늘도 성실하게 하루를 살아갑니다. 힘센 자들이 잘난 척 뽐내는 몸짓 뒤에서 묵묵히 제 갈 길을 걸어갑니다. 그렇다고 누구 하나 칭찬하고 알아주는 사람 없지만, 하늘의 눈으로 보면 우리의 삶은 추호도 부끄러움이 없습니다.

꿈과 희망 간직한 그대, 영원히 젊으리

Youth

Youth is not a time of life; it is a state of mind;

it is not a matter of rosy cheeks, red lips and supple knees;

it is a matter of the will, a quality of the imagination,

    a vigor of the emotions...

Youth means a temperamental predominance of courage over timidity,

    of the appetite for adventure over the love of ease.

This often exists in a man of sixty more than a boy of twenty.

Nobody grows old merely by a number of years.

We grow old by deserting our ideals...

In the center of your heart and my heart there is a wireless station;

so long as it receives messages of beauty, hope, cheer, courage

and power from men and from the infinite, so long are you young...

젊음

젊음은 인생의 한 시기가 아니요, 마음의 상태이다.

장밋빛 볼과 붉은 입술, 유연한 무릎이 아니라

의지와 풍부한 상상력과 활기찬 감정에 달려 있다.

젊음이란 기질이 소심하기보다는 용기에 넘치고,

수월함을 좋아하기보다는 모험을 좇는 것이고

이는 스무 살 청년에게도, 예순 노인에게도 있다.

단지 나이를 먹는다고 늙는 것은 아니다.

이상理想을 버릴 때 우리는 늙는다.

그대와 나의 가슴 한가운데에는 무선국이 있다.

그것이 사람들로부터 또는 하늘로부터 아름다움과 희망과 활기,

용기와 힘의 메시지를 수신하는 한, 그대는 영원히 젊으리라.

늘 젊은이들과 함께 생활하면서 그들의 아름다움, 활력, 명민함에 부러움을 느낄 때가 많습니다. 이제 젊은 그들에게 삶의 무대를 내어주고 관람석으로 내려가야 할 때라고 느낄 때도 있습니다.

그러나 아직 너무나 푸른 그들은 젊기 때문에 미래를 탐색하며 방황하고, 길을 잃고 넘어지기도 합니다. 삶의 연륜과 이해, 사랑으로 내미는 손이 필요합니다. 육신이 늙었든 젊었든 우리 모두의 마음속에 있는 무선국이 서로에게 희망을 송신하는 것이 필요합니다.

"나이는 숫자에 불과하다"는 어느 광고 카피가 생각납니다. 마음속에 이상을 가지면 영혼이 늙지 않는다고 시인은 말합니다. 그 어떤 삶의 자리에서도 꿈을 갖는 것이 중요합니다. 열정으로 늘 푸른 젊음을 위하여….

새뮤얼 얼먼 Samuel Ullman   1840-1924

미국의 시인이자 인도주의자, 사업가. 독일에서 태어나 열한 살 때 미국으로 이주했다. 교육과 사회 사업에 종사했으며, 억압받는 흑인들을 위해 '얼먼 스쿨'을 세웠다. 여든 살 생일을 기념해 출판된 시집에 실린 시 〈젊음(youth)〉은 맥아더 장군이 일본에 주둔해 있을 당시, 집무실 벽에 걸어둔 시로 널리 알려졌다. 노예제가 성행하던 당시 흑인에게도 백인이 누리는 교육권이 동일하게 주어져야 한다고 주장했다.

삶이 한 편의 동화라면…

Fairy Tale

There once was a child

living every day

Expecting tomorrow

to be different from today.

동화

옛날 날마다
내일은 오늘과 다르길
바라며 살아가는
한 아이가 있었습니다.

한 문장으로 된 짧은 시의 제목이 〈동화〉입니다. 어렸을 적에 읽었던 동화들은 모두 해피 엔딩으로 끝났습니다. 징그러운 두꺼비가 멋진 왕자로 변하고, 무서운 마녀 때문에 탑 꼭대기에 갇혔던 공주는 다시 자유로운 몸이 됩니다. 모든 고난과 질시는 다 지나가고 행복과 평화만 남습니다.

삶에는 그렇게 완벽한 해피 엔딩이 그닥 많지 않습니다. 그렇지만 "내일은 오늘과 다르길" 바라는 희망이 있습니다. 오늘이 고달파도 내일은 좀 더 나아지리라는 희망, 오늘은 깜깜한 터널이지만 내일은 어디선가 한 줄기 빛이 보이리라는 희망이 있습니다.

그래서 삶은 아름다운 동화입니다.

글로리아 밴더빌트 Gloria Vanderbilt　　　　　　　　　　　　　1924~

미국의 시인이자 패션디자이너. 철도왕 윌리엄 밴더빌트의 딸로, 두 살 때 부친이 사망하자 400만 달러를 상속받았다. 대부호이면서 사교계의 여왕이었고, 총 네 번 결혼했다. 첫째 아들 카터 쿠퍼가 스물세 살 되던 해에 눈앞에서 투신 자살하는 아픔을 겪었다. CNN 간판 앵커로 활동하고 있는 앤더슨 쿠퍼가 그녀의 둘째 아들이다. 1983년, 글로리아 밴더빌트의 삶을 다룬 텔레비전 시리즈 〈글로리아 밴더빌트 이야기(Little Gloria… Happy at Last)〉가 에미상 6개 부문에 노미네이트되며 화제에 오르기도 했다.

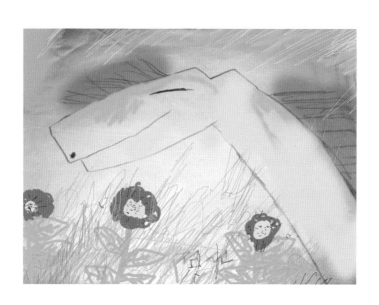

슬픔을 알기에 행복의 의미도 알고, 죽음이 있어서 생명의 귀함을 알게 되고, 실연의 고통이 있기 때문에 사랑이 더욱 값지고, 눈물이 있기 때문에 웃는 얼굴이 더욱 눈부시지 않은가요. 하루하루 버겁고 극적인 삶이 있기 때문에 평화를 더욱 원하고, 내일의 희망과 꿈을 가질 수 있는 것처럼 말입니다.

삶이 늘 즐겁기만 하다면

If All the Skies Were Sunshine

If all the skies were sunshine,
Our faces would be fain
To feel once more upon them
The cooling splash of rain.

If all the world were music,
Our hearts would often long
For one sweet strain of silence,
To break the endless song.

If life were always merry,
Our souls would seek relief,
And rest from weary laughter
In the quiet arms of grief.

하늘에 온통 햇빛만 가득하다면

하늘에 온통 햇빛만 가득하다면
우리 얼굴은
시원한 빗줄기를 한 번 더
느끼길 원할 겁니다.

세상에 늘 음악 소리만 들린다면
우리 마음은
끝없이 이어지는 노래 사이사이
달콤한 침묵이 흐르기를 갈망할 겁니다.

삶이 언제나 즐겁기만 하다면
우리 영혼은
차라리 슬픔의 고요한 품 속
허탈한 웃음에서 휴식을 찾을 겁니다.

소나기 한번 내리지 않고 바람 한 줄기 없이 햇빛만 가득한 날씨, 소음 하나 없이 아름다운 음악 소리만 가득한 세상, 늘 행복해서 언제나 미소 짓는 사람들만 있는 세상, 걱정거리 하나 없고 미워할 사람 하나 없고 훌륭한 사람들만 가득한 세상, 그런 세상이 꼭 좋은 것만은 아닐지도 모릅니다.

　　슬픔을 알기에 행복의 의미도 알고, 죽음이 있어서 생명의 귀함을 알게 되지요. 실연의 고통이 있기 때문에 사랑이 더욱 값지고, 눈물이 있기 때문에 웃는 얼굴이 더욱 눈부시지 않은가요.

　　하루하루 버겁고 극적인 삶이 있기 때문에 평화를 더욱 원하고, 내일의 희망과 꿈을 가질 수 있는 것처럼 말입니다.

헨리 밴 다이크 Henry Van Dyke   1852-1933

미국의 시인이자 수필가. 장로교 목사 안수를 받은 뒤 20여 년간 목회 활동을 했
다. 프린스턴 대학교에서 영문학을 가르쳤고 주 네덜란드 미국 대사를 지냈다.
소설 《네 번째 동방박사(The Story of the Fourth Wise Man)》로 널리 알려졌다.
제1차 세계대전 당시 네덜란드로 피난 온 미국인들을 보며 실의를 느꼈고 이후
세계를 고통에 빠뜨리는 악(惡)과 투쟁하는 삶을 살았다. 절친한 친구였던 헬렌
켈러는 그에 대해 '밤과 낮을 가리지 않고 세상의 갈등과 싸우는 사람'이라는 말
을 남기기도 했다.

우울한 먹구름과 황홀한 장미 사이

Life

Life, believe, is not a dream,

    So dark as sages say;

Oft a little morning rain

    Foretells a pleasant day.

Sometimes there are clouds of gloom,

    But these are transient all;

If the shower will make the roses bloom,

    Oh, why lament its fall?...

인생

인생은 정말이지 현자들 말처럼
그렇게 어두운 꿈은 아니랍니다.
가끔 아침에 조금 내리는 비는
화창한 날을 예고하지요
때로는 우울한 먹구름이 끼지만
머지않아 지나가버립니다.
소나기가 내려서 장미를 피운다면
아, 소나기 내리는 걸 왜 슬퍼하죠?

살다보면 마치 온 세상이 다 내 것인 양, 한없이 기쁘고 희망에 찰 때가 있습니다. 그러나 그런 시간이 오래가지는 않습니다. 살다보면 죽고 싶을 정도로 슬프고 절망스러울 때가 있습니다. 그러나 그런 시간도 오래가지 않습니다. 기쁜가 하면 슬프고, 슬픈가 하면 기쁜 게 인생입니다.

어느 축구 해설자가 말하더군요. "그라운드의 명선수는 얼마큼 넘어지지 않는가에 달려 있지 않습니다. 얼만큼 넘어졌다 다시 일어나는가에 달려 있습니다." 인생의 그라운드도 마찬가지 아닐까요. 넘어져도 다시 일어날 줄 아는 사람이 인생이라는 게임의 명선수겠지요. 오늘 내리는 소나기는 내일 화사한 장미를 피울 전조이니까요.

샬럿 브론테 Charlotte Brontë　　　　　　　　　　　　　1816-1855

영국의 소설가. 요크셔 주의 손턴에서 태어났다. 동생 에밀리, 앤과 함께 세 자매 모두 소설가로 유명하다. 어려서 어머니와 두 언니를 여의고 나중에는 동생을 셋이나 잃는 등 깊은 상실을 겪었다. 10대 중반부터 자유분방한 상상력과 공상으로 시를 썼으며, 인습과 도덕에 대한 반항으로 세인의 주목을 끈 소설 《제인 에어(Jane Eyer)》(1847)가 대표작이다. 결혼한 이듬해 결핵에 걸려 서른아홉 살의 나이로 생을 마감했다.

오늘이 아름다우면 삶이 아름답다

The Noble Nature

It is not growing like a tree

In bulk, doth make man better be;

Or standing long an oak, three hundred year,

To fall a log at last, dry, bald, and sear:

A lily of a day

Is fairer far in May,

Although it fall and die that night,—

It was the plant and flower of Light.

In small proportions we just beauties see;

And in short measures life may perfect be.

고귀한 자연

보다 나은 사람이 되는 것은

나무가 크게만 자라는 것과 다르다.

참나무가 3백 년 동안이나 오래 서 있다가

결국 잎도 못 피우고 마른 통나무로 쓰러지기보다

하루만 피었다 지는

5월의 백합이 훨씬 더 아름답다.

비록 밤새 시들어 죽는다 해도

그것은 빛의 화초요, 꽃이었으니.

작으면 작은 대로의 아름다움을 보고,

삶을 짧게 나눠보면 완벽할 수 있는 것을.

3백 년을 살아도 그저 버릇처럼 무덤덤하게 사는 것보다는 하루를 살아도 빛을 발하며 강렬하게 사는 것이 낫다고 시인은 말합니다. 지리멸렬하게 오래 사는 것보다 영혼의 빛을 발하며 짧고 굵게 사는 게 더 아름답다고 말입니다.

삶을 거대한 그림 퍼즐로 생각하면 우리가 하루하루 살아가는 건 작은 조각들을 하나씩 메워가는 일입니다. 무슨 그림이든 붓 터치 한 번으로 대작을 그릴 수는 없지요. 하루에 조금씩, 작으면 작은 대로의 예쁜 그림을 그리는 일부터 시작해야겠지요. 오늘이라는 내 인생의 한 조각을 예쁘게 칠하면 그 그림은 작지만 나름대로 완벽할 수 있으니까요.

5월의 백합은 무척 향기롭고 아름답습니다. 헌데 덩치만 크면서 누가 뭐래도 꿋꿋이, 말라 비틀어져 쓰러질 때까지 3백 년을 버티는 참나무의 인내와 끈기도 참 멋지지 않나요?

벤 존슨 Ben Jonson   1572-1637

영국의 시인이자 극작가, 평론가. 셰익스피어와 동시대를 살았고 당대에 셰익스피어보다 더욱 사랑받은 극작가였다. 기행을 일삼다가 살인죄로 엄지손가락에 종신 낙인까지 찍힌 그는, 빈곤하게 살아가던 와중에 첫 대작 희극 〈십인십색(Every Man in His Humour)〉(1598)으로 전 국민의 사랑을 받았다. 국왕 제임스 1세의 총애를 받으며 사실상 최초의 계관 시인이 되었다.

그대 어깨 위로 늘 무지개 뜨기를

Cherokee Prayer Blessing

May the warm winds of heaven

Blow softly upon your house.

May the great spirit

Bless all who enter there.

May your moccasins

Make happy tracks

in many snows,

and may the rainbow

Always touch your shoulder.

체로키 인디언의 축원 기도

하늘의 따뜻한 바람이
그대 집 위로 부드럽게 일기를.
위대한 신이 그 집에
들어가는 모든 이들을 축복하기를.
그대의 모카신 신발이
눈 위에 여기저기 행복한
흔적 남기기를,
그리고 그대 어깨 위로
늘 무지개 뜨기를.

누군가 새 집으로 이사 가는 이가 있다면 행복을 축원하는 마음으로 선물하고 싶은 기도문입니다. 아니, 꼭 새 집이 아니더라도 무언가 새로운 일을 시작하는 이에게도 괜찮겠지요.

무슨 일을 하든, 무슨 계획을 세우든, 그것은 새로 집을 짓는 일과 같습니다. 벽돌 한 장부터 천천히, 조바심 내지 말고 기초부터 단단히, 행복한 집이 되기를 원하는 간절한 마음으로, 새롭게 시작하는 나 자신을 기특하게 여기고, 나를 도와주고 지켜봐주는 사람들에게 감사하고, 아, 그리고 "그대 어깨 위로 늘 무지개 뜨기를" 하고 남의 행복을 위해 기도하는 마음도 꼭 필요합니다.

신은 나보다 남을 위해 기도하는 이들을 더욱 축복한다지요.

체로키 인디언 Cherokee Indian

체로키 인디언은 미국 남동부, 애팔래치아 산맥 남부에 거주하는 인디언 부족이다. 북미 대륙에서 유일하게 문자를 가진 인디언으로, 18세기 영국과 미국이 대치하던 때 고유 영역을 지키기 위해 앞서 싸웠다. 종국에는 백인 문화를 적극적으로 받아들였다. 19세기 후반에 오클라호마의 보호구역으로 강제 이주를 당했다. 가혹한 보행 이주는 총 8천명에 가까운 희생자를 냈다. 2010년, 미국 정부는 이에 공식 사과한 바 있다.

삶에는 수백 갈래 길이 있지만…

The Road Not Taken

Two roads diverged in a yellow wood,
And sorry I could not travel both
And be one traveler, long I stood
And looked down one as far as I could
To where it bent in the undergrowth;

Then took the other, as just as fair,
And having perhaps the better claim…
Oh, I kept the first for another day!
Yet knowing how way leads on to way,
I doubted if I should ever come back.

I shall be telling this with a sigh

Somewhere ages and ages hence:

Two roads diverged in a wood, and I—

I took the one less traveled by,

And that has made all the difference.

가지 못한 길

노랗게 물든 숲속의 두 갈래 길,
몸 하나로 두 길 갈 수 없어
아쉬운 마음으로 그곳에 서서
덤불 속으로 굽어든 한쪽 길을
끝까지 한참을 바라보았다.

그러고는 다른 쪽 길을 택하였다. 똑같이
아름답지만 그 길이 더 나을 법하기에.
아, 먼저 길은 나중에 가리라 생각했는데!
하지만 길은 또 다른 길로 이어지는 법.
다시 돌아오지 못할 것을 알고 있었다.

지금으로부터 먼먼 훗날 어디에선가
나는 한숨 쉬며 이렇게 말할 것이다.
어느 숲속에서 두 갈래 길 만나 나는—
나는 사람이 적게 다닌 길을 택했노라고.
그리고 그것 때문에 모든 게 달라졌다고.

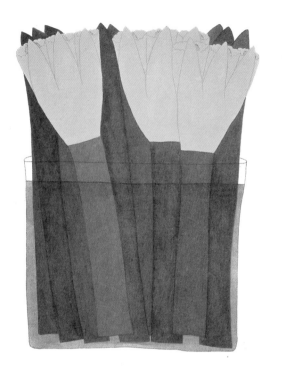

로버트 프로스트 Robert Frost　　　　　　　　　　　　　　1874-1963

미국의 시인. J. F. 케네디 대통령 취임식에서 자작시를 낭송하는 등 미국의 계관 시인과도 같은 존재였다. 시집 《뉴 햄프셔(New Hampshire)》 등으로 퓰리처상을 네 차례나 수상했다. 주로 뉴잉글랜드 지방의 소박한 농민과 자연, 사과 따기, 울타리, 시골길과 같이 친숙한 소재로 전세계 독자들의 사랑을 받았다. 또한 인용, 생략법을 거의 쓰지 않으면서 명쾌하고 누구나 쉽게 이해할 수 있는 시를 썼다.

프로스트의 대표작으로서 자주 접하게 되는 시이지만, 숲
이 노랗게 물드는 사색의 계절이 되면 더욱 생각납니다. 오래
진 학생 시절, 영어 교과서에 실렸던 이 시를 설명하면서 선생
님은 말씀하셨습니다.

"그래, 삶은 하나의 길을 따라가는 여정이다. 시 속의 화자
는 두 갈래 길을 만났지만 너희 앞에는 수십 갈래, 수백 갈래
길이 있다. 군중을 따라가지 말고, 사람이 적게 다녀도 정말로
가치 있고 진정 너희가 좋아할 수 있는 길을 택해라."

그러나 그 수백 갈래 길 중에 정말 가치 있는 길이 어딘지
알 수 없었습니다. 길은 또 다른 길로 이어지고, 엉뚱한 길로
빠지기도 합니다. 지금 삶의 뒤안길에 서서 생각하면, 마음속
에 가지 못한 길에 대한 회한이 가득합니다. 차라리 그때 그
길로 갔더라면…. 그러나 이제 되돌아가기에는 너무 늦었습니
다. 내가 선택한 길을 믿으며 오늘도 터벅터벅, 한발이라도 더
앞으로 나아갈 뿐입니다.

머리를 처들고 끝까지 GO!

See It Through

When you're up against a trouble,

Meet it squarely, face to face...

You may fail, but you may conquer,

See it through!...

Even hope may seem but futile,

When with troubles you're beset,

But remember you are facing

Just what other men have met.

You may fail, but fall still fighting;

Don't give up, whate'er you do;

Eyes front, head high to the finish.

See it through!

끝까지 해보라

네게 어려운 일이 생기면
마주 보고 당당하게 맞서라.
실패할 수 있지만, 승리할 수도 있다.
한번 끝까지 해보라!
네가 근심거리로 가득 차 있을 때
희망조차 소용없어 보일지도 모른다.
그러나 지금 네가 겪고 있는 일들은
다른 이들도 모두 겪은 일일 뿐이다.
실패한다면, 넘어지면서도 싸워라.
무슨 일을 해도 포기하지 말라.
마지막까지 눈을 똑바로 뜨고, 머리를 처들고
한번 끝까지 해보라!

가끔씩 왜 내 삶은 이럴까, 생각할 때가 있습니다. 남들 인생은 탄탄대로로 잘도 나가는데 왜 내 삶은 이렇게 사사건건 꼬이고 늘 막다른 골목으로 치닫는지요. 모든 것을 버리고 어디론가 떠나 아무도 없는 곳에 숨어버리고 싶습니다.

하지만 시인은 우리네 삶은 다 거기서 거기, 남들이 메고 가는 인생의 짐도 만만치 않다고 말합니다. 그들의 삶도 다 나만큼 힘들지만 나보다 좀 더 용기 있게, 당당하게, 씩씩하게 살아서 그 짐이 가벼워 보이는 건지도 모릅니다. 피할 수 없는 것은 차라리 즐기라는 말이 있습니다. 시인은 절대 포기하지 말고 '끝까지 해보라'고 충고합니다.

삶은 예측불허. 진흙탕길도 끝까지 가면 씽씽 잘 나가는 고속도로로 연결될지 아무도 모르기 때문입니다.

에드거 A. 게스트 Edgar A. Guest   1881-1959

미국의 시인. 영국에서 태어났지만 훗날 미국의 국민 시인으로 불렸다. 읽기 쉬우면서도 호소력 있고 감상적인 그의 시는 20세기 전반을 풍미했다고 해도 좋을 만큼 엄청난 인기를 끌었다. 그의 시는 아우디, 크라이슬러 자동차 광고에서도 꾸준히 인용할 정도로 사랑받고 있다. 이 시의 제목인 "See It Through(끝까지 해보라)", "It Couldn't Be Done(사람들은 끝까지 할 수 없다고 말하지)" 등의 문구가 유명하다.

눈 오는 산, 저 참나무같이

The Oak

Live thy Life,

Young and old,

Like yon oak,

Bright in spring,

Living gold;

Summer-rich

Then; and then

Autumn-changed

Soberer-hued

Gold again.

All his leaves
Fall'n at length,
Look, he stands,
Trunk and bough
Naked strength.

참나무

젊거나 늙거나
저기 저 참나무같이
네 삶을 살아라.
봄에는 싱싱한
황금빛으로 빛나며
여름에는 무성하고
그리고, 그러고 나서
가을이 오면 다시
더욱더 맑은
황금빛이 되고

마침내 나뭇잎

모두 떨어지면

보라, 줄기와 가지로

나목 되어 선

저 발가벗은 '힘'을.

시 속의 풍경은 겨울입니다. 천지에 낙엽이 휘날리다가 나무들이 모두 발가벗고 선 겨울. 겨울나무는 봄처럼 부활의 희망을 얘기하지도 않고, 여름처럼 성숙의 풍요로움을 말하지도 않으며, 가을처럼 황금빛 결실을 얘기하지도 않습니다. 봄과 여름의 무성한 삶의 자취를 거두고, 겉옷마저 벗고 온몸을 드러낸 채, 가지마다 스치는 차가운 바람 속에 스산한 모습으로 서 있습니다.

하지만 겨울나무는 죽은 게 아닙니다. 단지 숨을 고르며 인내로 기다리고 있을 뿐, 생명의 힘은 더욱더 세게 고동칩니다. 다시 한 번 부활의 봄을 기다리면서 발가벗은 힘을 발휘하고 있습니다.

우리 삶도 마찬가지입니다. 하루하루 사는 게 발가벗고 찬바람 맞으며 선 나무같이 춥고 삭막합니다. 그래도 우리가 누굽니까. 절대 죽지 않습니다. 다시 한 번 일어설 부활의 그날을 기다리며 내공을 쌓을 뿐입니다. 시인이 말하는 저기 저 참나무처럼.

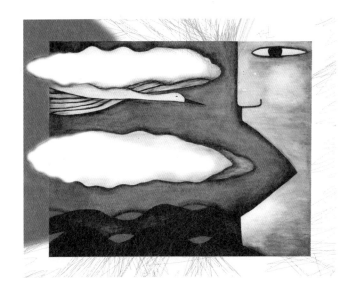

앨프리드 테니슨 경 Alfred Lord Tennyson   1809-1892

영국의 시인. 빅토리아 여왕이 가장 사랑한 시인 중 하나이다. 윌리엄 워즈워드
후임으로 계관 시인 작위를 받아 국보적 존재가 되었다. 초기의 시들이 혹평받
고, 설상가상으로 존경하고 아끼던 친구인 아서 헨리 핼럼이 급사하자 10년간
절필하였다. 그러나 주변의 격려로 1850년, 핼럼을 위해 133편의 장시를 시집
《A. H. H.를 추모하며(In Memoriam A. H. H.)》로 출간하였고 명성을 얻었다. 친
구의 죽음을 애도하는 시 〈사우보(In Memoriam)〉(1850)가 걸작으로 꼽힌다.

인생 거울

Life's Mirror

…Give the world the best you have,

And the best will come back to you.

Give love, and love to your life will flow,

A strength in your utmost need,

Have faith, and a score of hearts will show

Their faith in your word and deed…

For life is the mirror of king and slave,

'Tis just what we are and do;

Then give to the world the best you have,

And the best will come back to you.

인생 거울

당신이 갖고 있는 최상의 것을 세상에 내놓으십시오.
그러면 최상의 것이 당신에게 돌아올 것입니다.
사랑을 주십시오, 그러면 당신 삶에 사랑이 넘쳐흐르고
당신이 심히 곤궁할 때 힘이 될 것입니다.
믿음을 가지십시오, 그러면 수많은 사람들이
당신의 말과 행동에 믿음을 보일 것입니다.
왜냐하면 삶은 왕과 노예의 거울이고,
우리의 모습과 행동을 그대로 보여주는 법.
그러니 당신이 세상에 최상의 것을 내놓으면
최상의 것이 당신에게 돌아올 것입니다.

매들린 브리지스 Madeline Bridges   1844-1920

미국의 시인. 본명이 메리 에인지 드 비어(Mary Ainge de Vere)라는 사실 외에
그녀의 삶에 대해 많이 알려지지 않았다.

《정글북》의 작가 러디어드 키플링은 아들에게 주는 편지에서 "인생의 비밀은 단 한 가지, 네가 세상을 대하는 것과 똑같은 방식으로 세상도 너를 대한다는 것이다. (…) 네가 세상을 향해 웃으면 세상은 더욱 활짝 웃을 것이요, 네가 찡그리면 세상은 더욱 찌푸릴 것이다"라고 말합니다. 시인도 마찬가지로 '인생 거울'을 말하고 있습니다. 세상은 거울 같아서 내 모습 그대로 나를 비추고, 내가 주는 만큼 내게 되돌려준다는 거지요.

하지만 때로는 죽을힘 다해 좋은 것을 내봐도 세상은 발길질하기 일쑤입니다. 사랑을 주어도 미움만 돌아오고, 믿음을 주면 배신당하기도 합니다. 그러나 키플링이나 시인은 확률을 말하고 있습니다. 내가 세상을 좋게 대하면 세상이 나를 좋게 대할 확률이 높아지겠지요. 그리고 내가 최선을 다하면 적어도 나 자신에게 부끄럽지 않습니다.

그러니 '인생 거울', 아침마다 한 번쯤 들여다보고 속삭여야겠습니다. "난 오늘 네게 최고의 것을 줄 거야. 난 그렇게 할 수 있어…."

사소한 일에 목숨 걸어라

Be the Best of Whatever You Are

If you can't be a pine on the top of the hill
Be a scrub in the valley—but be
The best little scrub by the side of the rill;
Be a bush if you can't be a tree.

If you can't be a bush be a bit of the grass
And some highway happier make…
We can't all be captains, we've got to be crew
There's something for all of us here.

If you can't be a highway then just be a trail,
If you can't be the sun, be a star;
It isn't by size that you win or you fail—
Be the best of whatever you are!

무엇이 되든 최고가 되어라

언덕 위의 소나무가 될 수 없다면
골짜기의 관목이 되어라. 그러나
시냇가의 제일 좋은 관목이 되어라.
나무가 될 수 없다면 덤불이 되어라.

덤불이 될 수 없다면 한 포기 풀이 되어라.
그래서 어떤 고속도로를 더욱 즐겁게 만들어라.
모두가 다 선장이 될 수는 없는 법, 선원도 있어야 한다.
누구에게나 여기서 할 일은 있다.

고속도로가 될 수 없다면 오솔길이 되어라.
태양이 될 수 없다면 별이 되어라.
네가 이기고 지는 것은 크기에 달려 있지 않다.
무엇이 되든 최고가 되어라!

우리는 언젠가 위대한 일을 하게 될 날을 꿈꾸며 삽니다. 이왕 태어난 인생, 한번 화끈하게, 만인이 각광하는 멋진 일을 해 보이고 싶습니다. 최선을 다하면 나도 남과 같이 무엇이든 보란 듯이 잘해낼 수 있다는 걸 잘 알 고 있습니다. 그런데 도대체 최선을 다할 기회가 주어지지 않습니다. 기껏해야 쩨쩨한 일만 내게 돌아오니 최선을 다할 필요조차 없습니다.

그러나 시인은 지금 내가 무슨 일을 하든 그 일에 최선을 다하고, 지금 내 속에 있는 최선의 것을 끄집어내는 것이야말로 진정한 성공이라고 말합니다. 《사소한 것에 목숨 걸지 마라》, 어느 책의 제목입니다. 하지만 사소한 일에도 목숨 거는 게 중요합니다. 사소한 일이 쌓이면 큰일이 되고, 손 가까이에 있는 일부터 시작해서 최고가 되면 기회는 저절로 오게 마련입니다.

태양만이 위대한 것이 아닙니다. 밤하늘에 또렷이 빛나는 별도 아름답습니다

더글러스 맬럭 Douglas Malloch　　　　　　　　　　　1877-1938

미국의 명상시인이자 칼럼니스트. 벌목업의 중심이었던 미시건 주의 머스키건에
서 태어났다. 숲속에서 자란 그는 어린 시절부터 벌목 현장에서 뛰어놀며 자연의
소중함을 깨달았다. 이에 자연이나 환경보존에 관한 시를 썼으며 '만족의 철학'
을 실현하며 평화로운 삶을 추구했다. 〈생명에 관한 서정시(Lyrics of Life)〉 외에
수많은 시를 발표했다. 미시건 주 공식가의 작사가이기도 하다.

'운명의 횡포'에 굴하지 않으리

Invictus

Out of the night that covers me,
Black as the Pit from pole to pole,
I thank whatever gods may be
For my unconquerable soul.

In the fell clutch of circumstance
I have not winced nor cried aloud.
Under the bludgeonings of chance
My head is bloody, but unbowed...

It matters not how strait the gate,
How charged with punishments the scroll,
I am the master of my fate;
I am the captain of my soul.

굴하지 않는다

온 세상이 지옥처럼 캄캄하게
나를 엄습하는 밤에
나는 그 어떤 신이든, 신에게 감사한다.
내게 굴하지 않는 영혼 주셨음을.

생활의 그악스러운 손아귀에서도
난 신음하거나 소리 내어 울지 않았다.
우연의 몽둥이에 두들겨 맞아
머리에서 피가 흘러도 고개 숙이지 않는다.

천국의 문이 아무리 좁아도,
저승의 명부가 형벌로 가득 차 있다 해도
나는 내 운명의 지배자요,
내 영혼의 선장인 것을.

어렸을 때 결핵으로 한쪽 다리를 절단해야 했던 시인은 어른이 되어서도 온갖 병마에 시달립니다. 그러나 정말이지 온 세상이 깜깜해지는 절망과 고통 속에서도 자신을 포기하지 않습니다. 아니, 오히려 분연히 일어나 운명의 횡포에 맞서 싸웁니다. 걸핏하면 야비하게 뒤통수를 내려치는 '우연의 몽둥이'에 죽도록 맞아도 고개 숙이지 않습니다. 고개 숙인다는 것은 곧 굴하는 것이기 때문입니다. 시인의 의지와 투지가 비장하다 못해 슬프기까지 합니다.

하지만 "나는 내 운명의 지배자요, 내 영혼의 선장인 것을." 이런 믿음이라면 무얼 못하겠습니까. 운명도 길을 내주고 피해 갈 것 같습니다.

윌리엄 어니스트 헨리 William Ernest Henley   1849-1903

영국의 시인이자 비평가. 빅토리아 시대 후기에 활동했다. 유년 시절 결핵으로
한쪽 다리를 잃었고, 에든버러에서 저널리스트로 일하며 시를 썼다. S. 파머와 함
께 편찬한 《속어사전(Slang and its analogues)》이 널리 사용된다. 대중에게 가
장 잘 알려진 시 〈인빅터스(Invictus)〉(1875)는 2009년 클린트 이스트우드 감독
의 영화 〈인빅터스〉의 제목으로도 인용된 바 있다.

외줄타기 힘들어도 떨어질 수 없잖아

Resumé

Razors pain you;

Rivers are damp;

Acids stain you;

And drugs cause cramp.

Guns aren't lawful;

Nooses give;

Gas smells awful;

You might as well live.

다시 시작하라

면도칼은 아프고,
강물은 축축하다.
산酸은 얼룩을 남기고
약은 경련을 일으킨다.
총기 사용은 불법이고
올가미는 풀리며
가스는 냄새가 지독하다.
차라리 사는 게 낫다.

가끔 우리 살아가는 모습이 꼭 외줄타기 광대와 같다는 생각을 합니다. 어디 기댈 곳도, 함께할 사람도 없이 홀로 외줄을 타고 한발씩 내딛습니다. 손에 잡은 균형대의 한쪽은 생명의 끈, 또 다른 쪽은 희망의 끈을 매달고 조심조심 앞으로 갑니다. 조금만 발을 헛디뎌도 그대로 공중낙하, 아니, 열심히 집중하고 걸어도 예기치 않게 어디선가 날아오는 돌멩이에 뒤통수를 맞기도 합니다.

때로는 아래 까마득하게 보이는 세상이 너무 겁나서 아예 눈을 감아버리고 싶습니다. 아니, 가느다란 희망의 끈, 생명의 끈도 놓아버리고 아예 나 스스로 떨어져버리고 싶습니다. 그러면 모든 두려움 다 잊고 아름답게, 편하게 잠들 수 있을 것 같습니다.

하지만 시인은 '아름다운' 죽음은 없다고 말합니다. 그 어떤 방법을 택해도 죽음 자체가 큰 고통이니, 죽을 용기가 있으면 차라리 다시 한 번 시작해보라고 권유합니다.

생명 자체가 살아갈 이유입니다. 개똥밭에 굴러도 이승이 낫다지요. 그리고 오늘도 용감하게 줄타기를 하면 언젠가는 줄 위에서도 덩더쿵 춤출 수 있는 외줄타기의 달인이 되지 않을까요.

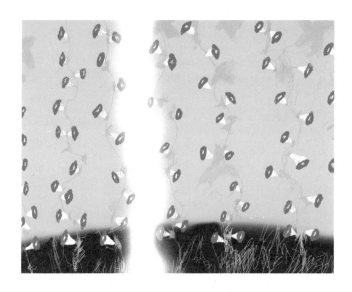

도로시 파커 Dorothy Parker   1893-1967

미국의 시인이자 작가, 비평가. 연극 평론가로 활약하며 신랄한 독설로 물의
를 일으켰다. 위트 있으면서도 냉소 가득한 작품들을 남겼고, 소외 계층의 입장
을 대변했으며, 죽기 전 전 재산을 마틴 루터 킹 목사에게 남겼다. 1926년에 낸
첫 시집 《충분한 밧줄(Enough Rope)》은 출간과 동시에 베스트셀러가 되었다.
1929년에 단편소설 《빅 블론드(Big Blonde)》로 오 헨리 문학상을 받았다.

너털웃음 짓지만 뒷모습이 쓸쓸한 당신

What Makes a Dad

God took the strength of a mountain,

The majesty of a tree,

The warmth of a summer sun,

The calm of a quiet sea,

The generous soul of nature,

The comforting arm of night,

The wisdom of the ages,

The power of the eagle's flight,

The joy of a morning in spring,

The patience of eternity,

Then God combined these qualities,

When there was nothing more to add,

He knew His masterpiece was complete,

And so,

He called it... Dad

아버지의 조건

하느님이 만드신, 산처럼 힘세고

나무처럼 멋있고

여름 햇살처럼 따뜻하고

고요한 바다처럼 침착하고

자연처럼 관대한 영혼을 지니고

밤처럼 다독일 줄 알고

역사의 지혜 깨닫고

비상하는 독수리처럼 강하고

봄날 아침처럼 기쁘고

영원한 인내심을 가진 사람,

하느님은 이 모든 걸 주시고

더 이상 추가할 게 없을 때

당신의 걸작품이 완성되었다는 걸 아셨다.

그래서

하느님은 그를 '아버지'라 불렀다.

하느님의 걸작품, 힘세고 멋지고 지혜롭고 모든 걸 인내하는 사람, 바로 '아버지'입니다. 늘 의식의 언저리에서 나를 지켜주는 사람, 내가 넘어지면 언제든 받쳐줄 든든한 버팀목입니다. 그러나 '아버지'라는 이름 뒤에는 우리가 모르는 낯선 사람이 숨어 있습니다. 이 넓은 세상이 너무 겁나서 어디엔가 기대고 싶고, 간혹 남몰래 소리 내어 울 곳을 찾는 슬픈 사람이 있습니다.

당당한 아버지, 유능한 남편, 좋은 아들이 되기 위해 자신을 버리고 짐짓 용감한 척 정글의 투사가 되어보지만, 이리 몰리고 저리 부대끼며 남는 것은 빈 껍데기 꿈뿐입니다.

너털웃음 웃고 돌아서도 황혼녘으로 걸어가는 뒷모습이 외롭고 쓸쓸해 보이는 사람, 바로 우리의 아버지입니다.

작자 미상 Anonymous

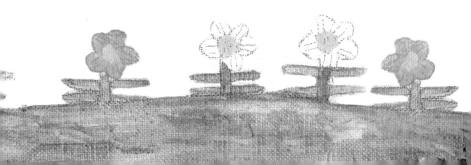

내일이면 스러질 인생, 내 영혼의 자유에 경배!

Riches I Hold in Light Esteem

Riches I hold in light esteem,

And Love I laugh to scorn;

And lust of fame was but a dream

That vanish'd with the morn;

And if I pray, the only prayer

That moves my lips for me

Is, "Leave the heart that now I bear,

And give me liberty!"

Yes, as my swift days near their goal,

'Tis all that I implore;

In life and death a chainless soul,

With courage to endure.

부귀영화를 가볍게 여기네

부귀영화를 난 가볍게 여기네.
사랑도 까짓것, 웃어넘기네.
명예욕도 아침이 오면
사라지는 한때의 꿈일 뿐이었다네.

내가 기도한다면, 내 입술 움직이는
단 한 가지 기도는
"제 마음 지금 그대로 두시고
저에게 자유를 주소서!"

그렇다, 화살 같은 삶이 종말로 치달을 때
내가 바라는 것은 오직 하나.
삶에도 죽음에도 인내할 용기 있는
자유로운 영혼이 되기를.

제 마음은 늘 장터처럼 시끄럽습니다. 왜 이리 평화롭지 못한가, 왜 이리 기쁘지 못한가 가만히 마음속을 들여다보면 이유는 결국 한 가지, 부귀영화를 가볍게 여기지 못하고, 사랑을 웃어넘기지 못하고, 명예는 단지 꿈이라는 걸 깨닫지 못했기 때문입니다. 입으로는 늘 초연한 듯 떠들지만, 내가 내 마음을 꽁꽁 얽매어놓았기 때문입니다.

에밀리 브론테가 1841년, 그러니까 스물한 살 되던 해 쓴 시입니다. 자신의 짧은 생을 예견한 듯, 미련의 끈을 놓는 연습을 하고 있습니다. 어차피 종말로 치닫는 인생, 자유로운 영혼으로 용기 있게 살다 가겠다는 마음을 토로합니다. 아마 그래서 영문학사에 길이 남을 《폭풍의 언덕》 같은 대작을 남길 수 있었는지 모릅니다.

그러나 오늘도 저는 아무거나 그악스럽게 붙잡고 싶은 마음 다스리지 못한 채 미몽에서 헤매고 있습니다.

에밀리 브론테 Emily Brontë   1818-1848

영국의 소설가이자 시인. 소설 《제인 에어(Jane Eyer)》의 작가 샬럿 브론테의 여동생이다. 그녀의 유일한 소설이자 걸작으로 손꼽히는 《폭풍의 언덕(Wathering Heights)》(1847)은 셰익스피어의 〈리어왕(King Lear)〉, H. 멜빌의 《모비딕(Moby Dick)》에 필적하는 명작으로 일컬어지고 있다. 그러나 《폭풍의 언덕》을 출간한 이듬해 폐결핵으로 짧은 생애를 마감했다. 《폭풍의 언덕》은 현재까지 총 7번 영화화되는 등 현대에 와서도 선풍적인 인기를 끌었다.

인생은 엑스트라 배우의 연기와 같이

Life Is But a Walking Shadow

And all our yesterdays have lighted fools

The way to dusty death.

Out, out, brief candle!

Life's but a walking shadow, a poor player

That struts and frets his hour upon the stage

And then is heard no more: it is a tale

Told by an idiot, full of sound and fury,

Signifying nothing.

인생은 걸어다니는 그림자일 뿐

그리고 우리의 과거는 모두 바보들이
죽음으로 가는 길을 비춰줬을 뿐.
꺼져간다, 꺼져간다, 짧은 촛불이여!
인생은 단지 걸어다니는 그림자
무대 위에 나와서 뽐내며 걷고 안달하며
시간을 보내다 사라지는 서툰 배우.
인생은 아무런 의미도 없는
소음과 분노로 가득 찬 백치의 이야기.

셰익스피어의 4대 비극 〈맥베스〉의 5막 5장에 나오는 유명한 구절입니다. 인생은 죽음으로 향하는 행진일 뿐, 허망하기 짝이 없다고 작가는 말합니다. 그나마 바람 앞에 깜박이는 촛불처럼 짧은 생명입니다. 그래서 우리는 모두 걸어다니는 그림자요, 의미 없이 무대 위에 잠깐 등장했다 잊혀지는 슬픈 엑스트라 배우입니다.

하지만 엑스트라 배우에게도 역할은 있습니다. 내가 맡은 작은 역할이 자랑스러워 짐짓 뽐내며 걸어보기도 하고, 짧은 대사나마 조금이라도 잘해보려고 안달합니다. 진정 마음의 귀를 열면 백치의 이야기에도 분명 의미는 있습니다. 단, 인생이라는 무대에 연습은 없습니다. 하루하루가 실제 공연입니다. 단역이라도 오늘 내가 맡은 역할을 멋지게 해내려는 노력 자체에 인생의 참의미가 있겠지요.

윌리엄 셰익스피어 William Shakespeare　　　　　　　1564-1616

영국의 시인이자 극작가. 시대를 초월해 영문학사에서 가장 사랑받는 작가로 유명하다. 살아생전 19편의 작품을 발표했고, 1623년 동료들에 의해 미발표 원고 총 36편의 희곡과 시 등 불후의 명작을 전집으로 출판했다. 활동 초기인 1594년부터 1600년까지 〈사랑의 헛수고(Love's Labour's Lost)〉 〈한여름밤의 꿈(A Midsummer Night's Dream)〉 〈베니스의 상인(The Merchant of Venice)〉 등의 낭만 희극을 창작하였고, 1608년까지 대표작인 4대 비극 〈햄릿(Hamlet)〉 〈오델로(Othello)〉 〈맥베스(Macbeth)〉 〈리어왕(King Lear)〉을 발표했다.

그 시절 돌이킬 수 없다 해도

Splendor in the Grass

What though the radiance which was once so bright

Be now for ever taken from my sight,

Though nothing can bring back the hour

Of splendor in the grass, of glory in the flower

We will grieve not, rather find

Strength in what remains behind…

In the soothing thoughts that spring

Out of human suffering…

In years that bring the philosophic mind.

초원의 빛

한때는 그렇게도 밝았던 광채가
이제 영원히 사라진다 해도,
초원의 빛이여, 꽃의 영광이여,
그 시절을 다시 돌이킬 수 없다 해도,
우리 슬퍼하기보다, 차라리
뒤에 남은 것에서 힘을 찾으리.
인간의 고통에서 솟아나오는
마음에 위안을 주는 생각과
사색을 가져오는 세월에서.

오래전 나탈리 우드와 워런 비티 주연의 〈초원의 빛〉이라는 영화로 유명해진 이 시는 원래 〈어린 시절을 회상하여 영생불멸을 깨닫는 노래〉라는 송시頌詩의 일부분입니다. 누구나 어린 시절에는 풀 한 포기, 꽃 한 송이에서도 장려함과 영광을 보지만, 성장하면서 이런 '찬란한 환상'이 '일상의 빛' 속으로 서서히 소멸해간다고 시인은 안타까워합니다.

그렇지만 그런 아름다운 환상을 잃어버려도 세월이 지남에 따라 우리는 고통 속에서 위로를 찾는 방법을 배우며 살아갈 힘을 얻습니다. 그래서 이 시는 "피어나는 하찮은 꽃 한 송이도 내겐 생각을 주나니 / 눈물이 닿지 못할 심오한 생각을"이라는 희망찬 어조로 끝납니다.

그런데 이제 "눈물이 닿지 못할 심오한 생각"을 할 만한 나이도 되었건만 아직도 감정의 롤러코스터를 타고, '영생불멸'은커녕 하루하루를 버겁게 살아가는 것은 왜일까요.

윌리엄 워즈워스 William Wordsworth　　　　　　　　1770-1850

영국의 시인. 19세기 전반 낭만파의 대표 시인 중 한 사람으로 1843년에 계관 시인이 되었다. 콜리지와 함께 펴낸 시집 《서정가요집(Lyrical Ballads)》은 영국 낭만주의의 시초가 되었다. 서문에서 '시골의 가난한 사람들, 스스로의 감정의 발로만이 진실된 것이며, 그들이 사용하는 소박하고 친근한 언어야말로 시에 알맞은 언어'라고 말하며 기교적인 시어를 배척하는 한편, 자연에 대한 심오한 감수성을 바탕으로 많은 시를 남겼다.

아름답게 늙는다는 것

Let Me Grow Lovely

Let me grow lovely, growing old—
So many fine things do:
Laces, and ivory, and gold,
And silks need not be new;
And there is healing in old trees,
Old streets a glamour hold;
Why may not I, as well as these,
Grow lovely, growing old—

아름답게 나이 들게 하소서

아름답게 나이 들게 하소서.
수많은 멋진 것들이 그러하듯이.
레이스와 상아와 황금, 그리고 비단도
꼭 새것만이 좋은 것은 아닙니다.
오래된 나무에 치유력이 있고
오래된 거리에 영화가 깃들듯
이들처럼 저도 나이 들수록
더욱 아름다워질 수 없나요.

'사오정(45세 정년)'을 말하는 때입니다. 젊고 빠르고 강하고 새로운 것만 추구하는 세상에서 나이 들고 느리고 약한 자들은 점점 발붙일 곳이 없어집니다. 경주의 출발선을 떠나는 사람들에게는 많은 박수와 환호를 보내지만 혼신의 힘을 다해 경주를 끝내고 결승선에 다가오는 사람들을 세상은 왜 환영하지 않을까요.

청춘은 아름답습니다. 그 팽팽한 피부와 나긋나긋한 몸이, 그 순수한 희망이, 그 뜨거운 정열이, 그들의 그 아픈 고뇌조차도 가슴 저리게 아름답습니다. 그러나 청춘이 아름다운 것은 이제 곧 사라지기 때문입니다. 봄은 아름답지만 곧 사라지는 것과 같이…. 하지만 여름, 가을, 겨울, 모두 다 아름답고 화려한 계절입니다.

'아름답게' 늙어간다는 것은 무엇일까요? 되돌릴 수 없는 청춘에 집착하지 않고 지금의 내 계절을 받아들임은 아름답습니다. 육신의 아름다움뿐만 아니라 영혼의 아름다움을 볼 줄 아는 눈은 아름답습니다. 이제껏 호두껍질 안에 가두어두었던 내 마음을 내 이웃, 아니 온 세상을 향해 여는 모습은 참 아름답습니다.

칼 윌슨 베이커 Karle Wilson Baker　　　　　　　　　　1878-1960

미국의 시인이자 소설가. 시카고 대학을 졸업한 뒤 몇 년간 고등학교에서 영어를 가르쳤다. 텍사스 주에 있는 여러 대학과 여성 클럽, 문학 동호회 등에서 강의했으며 20세기, 텍사스 주가 낳은 최고의 작가 중 한 명으로 손꼽힌다. 1924년, 서던 메서디스트 대학교에서 명예박사 학위를 받았으며 1931년에는 마지막 시선집 《말에 올라탄 몽상가(Dreamers on Horseback)》로 퓰리처상 후보에 올랐다.

미움과 고통 보내고
사랑과 행복의 종 울려라

Ring Out, Wild Bells

Ring out, wild bells, to the wild sky,
The flying cloud, the frosty light;
The year is dying in the night;
Ring out, wild bells, and let him die.
Ring out the old, ring in the new…
Ring out the false, ring in the true.
Ring out the feud of rich and poor,
Ring in redress to all mankind.
Ring out a slowly dying cause,
And ancient forms of party strife…
Ring out the want, the care, the sin,
The faithless coldness of the times…
Ring in the love of truth and right,
Ring in the common love of good.

우렁찬 종소리여 울려 퍼져라

울려 퍼져라 우렁찬 종소리, 거친 창공에,

저 흐르는 구름, 차가운 빛에 울려 퍼져라,

이 해는 오늘 밤 사라져 간다.

울려 퍼져라 우렁찬 종소리, 이 해를 보내라

낡은 것 울려 보내고 새로운 것을 울려 맞아라.

거짓을 울려 보내고 진실을 울려 맞아라.

부자와 빈자의 반목을 울려 보내고

만민을 위한 구제책을 울려 맞아라.

울려 보내라, 서서히 죽어가는 명분을

그리고 케케묵은 당파 싸움을.

울려 보내라, 결핍과 근심과 죄악을,

이 시대의 불신과 냉혹함을.

울려 맞아라, 진리와 정의를 사랑하는 마음을

울려 맞아라, 다 함께 선을 사랑하는 마음을.

테니슨은 19세기 영국 시인이지만 마치 지금의 우리에게 하는 말 같습니다. 우렁차게 울려 퍼지는 종소리로 모든 거짓, 반목, 불신을 역사 속으로 보내라고 합니다. 우리 마음속에도 종을 울려서, 진리와 정의와 선을 사랑하는 마음을 맞아들이라고 합니다.

사실 12월 31일과 1월 1일은 하나도 다를 게 없는 똑같은 하루지만, 그래도 마치 이제까지의 불운과 실수, 슬픔을 다 떨쳐버릴 수 있는 권리를 부여받은 것 같습니다. 새로운 시작에 가슴 설레고 괜히 희망이 솟구치기도 합니다. 1년 후 또다시 힘들고 버거운 해였다고 한숨 짓는다 해도 좋습니다. 다시 새롭게 시작합니다. 다시 일어서서 새로운 여정의 첫발을 힘차게 내딛습니다.

앨프리드 테니슨 경 Alfred Lord Tennyson   1809-1892

영국의 시인. 빅토리아 여왕이 가장 사랑한 시인 중 하나이다. 윌리엄 워즈워드 후임으로 계관 시인 작위를 받아 국보적 존재가 되었다. 초기의 시들이 혹평받고, 설상가상으로 존경하고 아끼던 친구인 아서 헨리 핼럼이 급사하자 10년간 절필하였다. 그러나 주변의 격려로 1850년, 핼럼을 위해 133편의 장시를 시집 《A. H. H.를 추모하며(In Memoriam A. H. H.)》로 출간하였고 명성을 얻었다. 친구의 죽음을 애도하는 시 〈사우보(In Memoriam)〉(1850)가 걸작으로 꼽힌다.

아직은 바람이 싸늘한 초봄, 무심히 길을 걷다가 길 가장자리에 피어
있는 작은 풀꽃을 보았습니다. 쌓인 눈을 뚫고 피어난 파란 꽃잎이 얼
마나 정교하고 어여쁜지요. 짓밟고 갈아엎어도 눈 폭풍 속에 피어나
생명의 소식을 알려주는 봄꽃은 작지만 절대 약하지 않습니다.

삶의 무게는…

What Are Heavy?

What are heavy?
sea-sand and sorrow:
What are brief ?
today and tomorrow:
What are frail?
spring blossoms and youth:
What are deep?
the ocean and truth.

무엇이 무거울까?

무엇이 무거울까?
바다 모래와 슬픔이.
무엇이 짧을까?
오늘과 내일이.
무엇이 약할까?
봄꽃과 청춘이.
무엇이 깊을까?
바다와 진리가.

"무엇이 무거울까"에 대한 답으로 시인은 "바다 모래와 슬픔"이라고 답을 합니다. 처음에는 구체적 사물을 말하고, 다음에 추상적 상징을 연결하여 이야기하고 있지요. 글쎄요, 저라면 무거운 것은 '바위, 그리고 우리가 짊어지고 가는 삶의 무게'라고 했을 것 같습니다.

크리스티나 로제티 Christina Rossetti   1830-1894

영국의 시인. 따뜻한 감정과 사랑의 정신을 표현한 아름다운 연시를 남겼다. 폐결핵, 신경통, 협심증, 암 등에 시달렸지만 종교적 경건과 헌신 속에 살았고, 독신으로 일생을 마쳤다. 20세기 초 모더니즘의 열풍으로 잊혔다가 1970년대 페미니즘 학자들에게 재평가되었다.

아직은 바람이 싸늘한 초봄, 무심히 길을 걷다가 길 가장자리에 피어 있는 작은 풀꽃을 보았습니다. 쌓인 눈을 뚫고 피어난 파란 꽃잎이 얼마나 정교하고 어여쁜지요. 짓밟고 갈아엎어도 눈 폭풍 속에 피어나 생명의 소식을 알려주는 봄꽃은 작지만 절대 약하지 않습니다. 그래서 생각해봅니다. 짧은가 하면 긴 것이 세월이고, 약한가 하면 강한 것이 청춘이고, 무거운가 하면 짊어지고 가면서 그런대로 기쁨과 보람도 느끼는 것, 그것이 삶의 무게라고 말입니다.

삶의 모닥불 앞에 두 손을 쬐고

Dying Speech of an Old Philosopher

I strove with none;

for none was worth my strife;

Nature I loved, and next to Nature, Art;

I warmed both hands before the fire of life;

It sinks, and I am ready to depart.

죽음을 앞둔 어느 노철학자의 말

나는 그 누구와도 싸우지 않았노라.
싸울 만한 가치가 있는 상대가 없었기에.
자연을 사랑했고, 자연 다음으로는 예술을 사랑했다.
나는 삶의 모닥불 앞에서 두 손을 쬐었다.
이제 그 불길 가라앉으니 나 떠날 준비가 되었노라.

〈그의 일흔다섯 살 생일에 부쳐(On His Seventy-fifth Birthday)〉라는 제목으로도 알려진 시입니다. 이렇게 인생의 종착역에 닿아 지나온 삶을 회고하며 "나는 그 누구와도(그 어느 것과도) 싸우지 않았다"고 말할 수 있는 사람이 몇이나 될까요. 사람도 삶도 자연도 싸움의 대상이 아니건만, 우리는 무조건 대결해서 이기려는 투쟁의 태세로 살아가고 있는지도 모릅니다.

이 세상은 잠시 앉아 두 손에 불을 쬐며 쉬어 가는 곳, 그래서 불길이 사그라지면 미련 없이 일어나서 떠나야 하는 곳입니다. 가치 없는 싸움으로 낭비하기엔 이곳에 머무르는 시간이 너무나 짧습니다.

다시금 투쟁의 아침을 맞이하며, 자연을 사랑하고 인간과 인간이 만든 예술을 사랑하고 후회 없이 떠나는 시인의 여유와 평화가 부러운 오늘입니다.

월터 새비지 랜더 Walter Savage Landor　　　　　1775-1864

영국의 시인이자 소설가. 옥스퍼드 대학교에서 수학하던 당시 급진적인 사상과 과격한 행동 때문에 정학을 당하기도 했다. 작품으로 서사시 〈게비르(Gebir)〉(1798) 〈시모니데어(Simonidea)〉(1806)가 있으며, 산문 〈상상적 대화편(Imaginery Conversation)〉의 단편 〈로즈 에일머(Rose Aylmer)〉가 유명하다. 당시의 대중에게 인기를 끌지는 못했으나 현대에 와서는 평론가들의 극찬을 받았다.

다시 움트고 살아나야 하는 4월

The Waste Land

April is the cruelest month, breeding

Lilacs out of the dead land, mixing

Memory and desire, stirring

Dull roots with spring rain.

Winter kept us warm, covering

Earth in forgetful snow, feeding

A little life with dried tubers…

황무지

4월은 잔인한 달
죽은 땅에서 라일락을 키워내고
기억과 욕망을 뒤섞고
봄비로 잠든 뿌리를 뒤흔든다.
차라리 겨울에 우리는 따뜻했다.
망각의 눈이 대지를 덮고
마른 구근으로 가냘픈 생명만 유지했으니.

T. S. 엘리엇 T. S. Eliot   1888-1965

영국의 시인이자 평론가, 극작가. 미국 태생으로 영국에 귀화한 뒤 문단에서 활동
했다. 영국의 형이상학시와 프랑스 상징시의 영향을 받았으며 현대 문명의 퇴폐
상을 그린 작품을 다수 남겼다. 시집 《황무지(The Waste Land)》(1922)는 제1차
세계대전 이후 정신적 황폐와 현대 문명의 폭력성을 상징적으로 고발하였다. 이
는 20세기에서 빼놓을 수 없는 작품이 되었고, 낭만주의를 지나 형이상학파시의
시대로 입성하게 되는 기폭제가 되었다. 1948년 노벨문학상을 수상했다.

"4월은 잔인한 달." 해마다 4월이 되면 으레 한두 번쯤 방송에서 듣는 말입니다. 433행에 달하는 유명한 장시 〈황무지〉의 시작 부분이지요. 그러나 이 부분은 자주 인용되는 것처럼 개인적으로 흡족하지 않은 4월의 경험을 토로하는 차원이 아닙니다. 좀더 넓은 의미에서, 계절의 순환 속에서 다시 봄이 되어 버거운 삶의 세계로 돌아와야 하는 모든 생명체의 고뇌를 묘사하고 있습니다. "망각의 눈"에 덮인 겨울은 차라리 평화로웠지만 다시 움트고 살아나야 하는 4월은 그래서 잔인합니다.

대학 시절 이 시를 처음 읽을 때 세상은 정말 황무지 같았습니다. 개강을 하면 탱크가 캠퍼스로 들어오고 최루탄 연기 자욱한 그런 삭막한 봄을 맞았습니다. 그래도 그때는 '함께'의 삶과 낭만이 있었고, 마음은 씨앗하나만 심어도 금세 싹트는 푸른 벌판이었던 것 같습니다. 하지만 지금 창밖의 봄은 푸른 벌판인데, 마음은 허허롭기 짝이 없고 생명이 자랄 수 없는 '황무지'가 된 것 같습니다.

썰물은 반드시 밀물이 되리니…

Loss and Gain

When I compare
What I have lost with what I have gained,
What I have missed with what attained,
Little room do I find for pride.

I am aware
How many days have been idly spent;
How like an arrow the good intent
Has fallen short or been turned aside.

But who shall dare
To measure loss and gain in this wise?
Defeat may be victory in disguise;
The lowest ebb is the turn of the tide.

잃은 것과 얻은 것

내 이제껏
잃은 것과 얻은 것
놓친 것과 획득한 것
저울질해보니 자랑할 게 없구나.

나는 알고 있다.
긴긴 세월 헛되이 보내고
좋은 의도는 화살처럼
과녁에 못 닿거나 빗나가버린 걸.

그러나 누가 감히
이런 식으로 손익을 가늠하랴.
패배는 승리의 다른 얼굴일지도 모른다.
썰물이 나가면 분명 밀물이 오듯이.

살아가는 걸 장사로 친다면, 나는 이제껏 얼마나 이윤을 얻고 얼마나 밑졌을까요? 나름대로 늘 이윤을 만들어보려고 아등바등 노력했는데 돌이켜보면 허송세월만 한 것 같고 빈손만 남았습니다. 시인의 말처럼 좋은 의도는 다 무산되고 자랑할 게 하나도 없는 것 같습니다. 하지만 시인은 인생사 새옹지마, 그 어떤 물리적 방법으로도 손익을 가늠하고 단정 지을 수는 없다고 말합니다. 밑졌다고 슬퍼하면 이득이 오기도 하고, 이윤을 봤다고 기뻐하면 곧 화가 닥치기도 합니다.

　그러니 '평탄한' 삶이란 없는 건지도 모릅니다. 때로 밑지는 장사도 하고 때로 공짜로 얻기도 하고 그냥 그렇게 살다보면, 썰물이 필연적으로 밀물이 되듯이, 좋은 날이 꼭 올 거라고 시인은 자신 있게 말합니다.

　그런데도 아무리 생각해도 내 삶은 자꾸 밑지기만 하는 느낌이 드는 건 왜일까요? 그래도 밑져야 본전, 시인의 말을 다시 한 번 믿어봅니다.

헨리 왜즈워스 롱펠로 Henry Wadsworth Longfellow   1807-1882

미국의 시인. 열네 살에 보든 대학교에 입학하였으며, 이때 소설 《주홍글씨(The Scarlett Letter)》의 작가 너새니얼 호손을 만나 평생 우정을 나눴다. 보든 대학교 최초의 현대 언어학 교수가 되었고, 이후 하버드 대학교에서 18년간 재직했다. 시인으로서 큰 대중적 인기를 누리는 동시에 유럽 각국의 민요를 영어로 번안, 번역한 공로를 인정받았다. 미국 최초로 단테의 《신곡(Divine Comedy)》을 번역했고, 그에 붙인 소네트 《신곡》이 그의 최고 걸작으로 평가된다.

"단순하고 선하게 살라" 자연이 들려주는 진리

I Listen

I Listen to the trees, and they say:

"Stand tall and yield.

Be tolerant and flexible."…

I Listen to the sky, and it says:

"Open up. Let go of the boundaries

and barriers. Fly."

I Listen to the sun, and it says:

"Nurture others.

Let your warmth radiate for others to feel."…

I Listen to the creek, and it says:

"Relax; go with the flow…

Keep moving — don't be hesitant or afraid…

I Listen to the small plants, and they say:

"Be humble. Be simple.

Respect the beauty of small things."…

자연이 들려주는 말

나무가 하는 말을 들었습니다.

우뚝 서서 세상에 몸을 내맡겨라.

관용하고 굽힐 줄 알아라.

하늘이 하는 말을 들었습니다.

마음을 열어라. 경계와 담장을 허물어라.

그리고 날아올라라.

태양이 하는 말을 들었습니다.

다른 이들을 돌보아라.

너의 따뜻함을 다른 사람이 느끼도록 하라.

냇물이 하는 말을 들었습니다.

느긋하게 흐름을 따르라.

쉬지 말고 움직여라. 머뭇거리거나 두려워 말라.

작은 풀들이 하는 말을 들었습니다.

겸손하라. 단순하라.

작은 것들의 아름다움을 존중하라.

세상 어딜 가나 우리가 사는 모습은 늘 비슷한 것 같습니다. 마치 어떻게 하면 조금이라도 더 복잡하게 살까 연구하며 사는 것 같습니다.

손으로도 충분히 할 수 있는 일인데 기계를 만들어놓고, 지금 있는 인간만으로도 충분한데 복제인간을 꿈꾸고, 10층 건물로도 충분한데 100층 건물을 지어놓고, 하나만 있어도 되는데 둘을 원하고, 셋으로도 족한데 넷을 얻기 위해 무진 애를 씁니다. 그리고 그 복잡함 속에 자신을 가두고는 답답해 하고, 아직도 무언가 부족해 허탈해 합니다.

그럴 때, 시인은 자연이 들려주는 진리에 귀를 기울여보라고 합니다. 자연이야말로 천천히, 단순하게, 선하게, 그리고 가장 행복하게 사는 법을 가르쳐주는 우리의 위대한 스승임을 상기시킵니다.

척 로퍼 Chuck Roper   1948~

미국의 작가이자 출판인. 알코올의존증 치료에 관한 전문서적을 주로 펴내고 있
다. 이 시는 그가 1992년 자연요법을 연구하며 숲속 캠프에서 생활할 때 집필한
것이다.

가장 통쾌한 복수는 용서

To Know All Is To Forgive All

If I knew you and you knew me—
If both of us could clearly see,
And with an inner sight divine
The meaning of your heart and mine—
I'm sure that we could differ less
And clasp our hands in friendliness…
Life has so many hidden woes,
So many thorns for every rose;
The "why" of things our hearts would see,
If I knew you and you knew me.

모든 걸 알면 모든 걸 용서할 수 있을 것을

내가 그대를 알고, 그대가 나를 알면,
우리 둘 다 신성한 마음의 눈으로
서로의 가슴에 품은 생각의 의미를
분명히 볼 수만 있다면,
진정 그대와 나의 차이는 줄어들고
정답게 서로의 손을 맞잡을 수 있을 것을.
장미가 송이마다 가시를 품고 있듯이
인생에도 하많은 걱정이 숨어 있는 법.
내가 그대를 알고 그대가 나를 알면
모든 것의 참이유를 마음으로 볼 수 있을 텐데.

누군가 재미있는 수식을 말해주었습니다. 5-3=2, 오해에서 세 발자국 떨어져 보면 이해가 되고, 2+2=4, 이해에 이해를 더하면 사랑이 된다고 했습니다.

그러나 누군가를 알고 이해한다는 것이 그렇게 쉽지만은 않습니다. 내 가슴에 그렇게 큰 상처를 주고 아무렇지도 않게 행동하는 그 사람을 절대 이해할 수 없습니다. 아니, 너무 억울해서 자다가도 벌떡 일어나게 됩니다. 침 한번 탁 뱉고 돌아서서 잊자, 까짓것 잊어버리자 되뇌어보지만, 마음속 상처는 더욱더 피를 줄줄 흘립니다.

하지만 용서하지 못하는 마음처럼 비참하고 슬픈 마음은 없습니다. 내가 먼저 마음의 눈으로 그를 이해하고 용서하는 편이 차라리 낫습니다.

가장 통쾌한 복수는 용서니까요.

닉슨 워터먼 Nixon Waterman   1951~

미국의 작가. 주로 인터넷에서 활동하며 엄격한 운율과 각운을 사용한다. 이 시 역시 매행 8음절과 2행 단위로 각운을 철저히 지켜서 썼다.

아들아, 여기서 넘어지지 말아라

Mother to Son

Well, son, I'll tell you:

Life for me ain't been no crystal stair.

It's had tacks in it,

And splinters,

And boards torn up,

And places with no carpet on the floor.

Bare.

But all the time

I'se been a-climbin' on,

And reachin' landin's,

And turnin' corners,

And sometimes goin' in the dark

Where there ain't been no light.

So, boy, don't you turn back.

Don't you set down on the steps.

'Cause you finds it's kinder hard.

Don't you fall now—

For I'se still goin', honey,

I'se still climbin',

And life for me ain't been no crystal stair.

어머니가 아들에게

아들아, 내 말 좀 들어보렴.
내 인생은 수정으로 만든 계단이 아니었다.
거기엔 압정도 널려 있고
나무 가시들과
부러진 널빤지 조각들,
카펫이 깔리지 않은 곳도 많은
맨바닥이었단다.
그렇지만 쉬지 않고
열심히 올라왔다.
층계참에 다다르면
모퉁이 돌아가며
때로는 불도 없이 깜깜한
어둠 속을 갔다.

그러니 얘야, 절대 돌아서지 말아라.

사는 게 좀 어렵다고

층계에 주저앉지 말아라.

여기서 넘어지지 말아라.

얘야, 난 지금도 가고 있단다.

아직도 올라가고 있단다.

내 인생은 수정으로 만든 계단이 아니었는데도.

어머니가 자신이 걸어온 인생길을 끝없이 이어지는 층계에 비유해서 말하고 있습니다. 흑인 특유의 사투리를 쓰는 이 어머니의 삶은 그 누구보다 힘겨웠던 것처럼 보입니다. 그래도 가시밭 헤치고 어둠 속을 더듬으며 층계를 올라가는 어머니의 모습이 너무나 의연하고 아름답습니다.

우리도 매일 계단을 올라갑니다. 우리의 계단도 찬란한 수정으로 만들어지지 않은 건 마찬가지입니다. 올라가면서 걸핏하면 다시 돌아가고 싶고, 모퉁이 돌기 전 층계참에 앉아 마냥 쉬고 싶습니다.

하지만 오늘도 쉬지 않고 삶의 계단을 앞장서 올라가는 어머니의 모습을 떠올리면 그럴 수가 없습니다. 어디선가 들리는 "애야, 사는 게 좀 어렵다고 주저앉지 말아라"는 어머니의 말씀이 가슴을 울리기 때문입니다.

랭스턴 휴스 Langston Hughes　　　　　　　　　　1902-1967

미국의 시인이자 소설가, 사회운동가. 컬럼비아 대학을 중퇴한 뒤 잡지사 현상 공모에서 시 부문 1등으로 입선했다. '재즈풍 시'라고 불릴 정도로 블루스와 민요의 리듬을 능숙하게 구사하는 시풍으로 1920년대 흑인 문예부흥을 선도했고 현재까지 미국의 대표적 흑인 시인으로 평가된다. 장편소설 《웃음이 없지는 않다 (Not Without Laughter)》(1930)로 하먼 골드 메달을 받았다.

당신의 사랑으로 날 일으켜주세요

The Flight

Look back with longing eyes and know that I will follow,

Lift me up in your love as a light wind lifts a swallow,

Let our flight be far in sun or blowing rain—

But what if I heard my first love calling me again?

Hold me on your heart as the brave sea holds the foam,

Take me far away to the hills that hide your home;

Peace shall thatch the roof and love shall latch the door—

But what if I heard my first love calling me once more?

도망

그리운 눈빛으로 돌아보세요, 내가 뒤에 있잖아요.
미풍이 제비를 날게 하듯이 당신의 사랑으로 날 일으켜
햇살이 내리쬐든 비바람이 불든 우리 멀리 도망가요.
'하지만 내 첫사랑이 날 다시 부르면 어떡하지요?'

용감한 바다가 흰 파도를 떠받치듯 날 꼭 껴안고
산 속에 숨은 당신의 집까지 멀리 데려가세요.
평화로 지붕을 얹고 사랑으로 문에 빗장을 걸어요.
'하지만 내 첫사랑이 날 또다시 부르면 어떡하지요?'

드라마 〈겨울연가〉에 인용되면서 우리 귀에 익숙해진 시입니다. 사랑은 함께 따라와줄 것을 알아주는 믿음이요, 주저앉은 마음을 일으켜주는 격려입니다. 멀리 도망가서 두 사람만의 집을 짓고 평화와 사랑으로 영원히 살고 싶은 소망입니다.

그렇지만 사랑하는 마음속에는 늘 도망가고픈 마음도 복병처럼 숨어 있습니다. 필생에 단 한 번 목숨 걸 수 있는 그런 사랑을 하고 싶은데 이 사랑이 진짜 사랑일까, 좀더 아름다운 사랑이 어디선가 날 기다리고 있지 않을까, 지나간 첫사랑이 날 다시 부르면 어떡할까?

참 알다가도 모를 게 사랑입니다.

새러 티즈데일 Sara Teasdale   1884-1933

미국의 시인. 고전적 단순성, 차분한 강렬함이 있는 서정시로 주목받았다. 〈사랑의 노래(Love Songs)〉(1917)로 퓰리처상을 수상했다. 시집으로는 《두스에게 보내는 소네트 외(Sonnets to Duse and Other Poems)》(1907)를 비롯하여, 《바다로 흐르는 강(Rivers to the Sea)》(1915), 《불길과 그림자(Flame and Shadow)》(1920), 《별난 승리(Strange Victory)》(1933) 등이 있다.

'소녀'에서 '여인'으로

After a While

After a while you learn

The subtle difference between

Holding a hand and chaining a soul

And you learn that love doesn't mean leaning…

And you begin to learn

That kisses aren't contracts

And presents aren't promises

And you begin to accept your defeats

With your head up and your eyes ahead

With the grace of a woman

Not the grief of a child…

After a while you learn

That even sunshine burns if you get too much

So you plant your own garden

And decorate your own soul

Instead of waiting

For someone to bring you flowers…

And you learn and you learn

With every goodbye you learn.

얼마 후면

얼마 후면 너는
손을 잡는 것과 영혼을 묶는 것의
미묘한 차이를 알게 될 것이다.
사랑은 누군가에게 기대는 게 아니고
입맞춤은 계약이 아니고
선물은 약속이 아니라는 것을 배우고
머리를 쳐들고 앞을 똑바로 보며
소녀의 슬픔이 아니라
여인의 기품으로
너의 패배를 받아들일 것이다.
얼마 후면 너는 햇볕도 너무 쬐면
화상을 입는다는 걸 배우게 된다.

그래서 누군가 꽃을 갖다 주길
기다리기보다는
너만의 정원을 만들어
네 영혼을 스스로 장식하게 된다.
그리고 한 번 이별할 때마다 너는
배우고 또 배우게 되리라.

'얼마 후면' 여인이 되는 소녀에게 주는 시입니다. 엄마가 딸에게 주는 글일 수도 있겠지요.

소녀 시절 세상은 기쁨으로 가득 차 있습니다. 입맞춤은 계약이고 선물은 약속이며, 햇볕 가득 내리쬐는 이 세상 모든 게 행복을 기약하는 일입니다. 그러나 배반과 어둠, 이별을 배워가면서 소녀는 여인이 되어갑니다.

언제나 행복한 소녀로 남지 않고 아픔을 아는 여인이 되어야 하는 것은 슬픈 일입니다. 그러나 남이 갖다주는 꽃을 기다리기보다는 내 정원을 가꾸고, 사랑은 누군가에게 기대는 게 아니라 당당히 내 두 발로 서는 것임을 아는 여인은 아름답습니다.

베로니카 A. 쇼프스톨 Veronica A. Shoffstall   1946~

미국의 시인. 인터넷에 발표한 시집 《거울 외(Mirror and Other Insults)》가 인기를 끌었으며, 이 시는 시집에서 가장 잘 알려진 시이다.

병든 시대 감싸는 온기 있는 시

The Embankment

(The fantasia of a fallen gentleman on a cold, bitter night)

Once, in finesse of fiddles found I ecstasy,

In a flash of gold heels on the hard pavement

Now see I

That warmth's the very stuff of poesy.

Oh, God, make small

The old star-eaten blanket of the sky.

That I may fold it round me and in comfort lie.

템스 강 둑길

(춥고 매서운 밤에 쓰러진 한 신사의 공상)

한때는 곱디고운 바이올린의 가락에서,
단단한 보도 위에서 번쩍이는 금빛 구두굽에서
황홀을 찾았지만,
이제 나는
온기가 바로 시의 소재임을 안다.
아, 신이여, 별이 좀먹은
낡은 담요짝 하늘을 작게 접어주오.
내 몸을 감싸고 편안히 누울 수 있도록.

추운 밤, 지치고 허기진 남자가 강둑에 쓰러져 있습니다. 화려한 도시에 가려져 있지만, 분명 우리 가까이 어딘가에 존재하는 삶의 모습입니다.

인간의 슬픔과 고독에 무관심한 자연…. 별이 총총한 하늘을 구멍이 숭숭 난 좀먹은 담요에 비유하는 시인의 눈이 놀랍습니다. 대개 우리는 시의 소재로 별, 장미꽃, 바이올린 선율, 여인의 금빛 구두 등 아름답고 낭만적인 것들만 생각합니다.

하지만 그렇게 피상적 아름다움만을 추구하는 시들은 온기가 부족합니다. 시인은 삶의 아픔을 겪고 나서 가난과 눈물, 절망이 있는 곳에도 삶은 숨쉬고 있다는 것을 깨달았습니다.

버림받은 사람, 병든 시대까지 담요처럼 감쌀 수 있는 시야말로 온기가 감도는 진짜 시라고 말하고 있습니다.

T. E. 흄 T. E. Hulme   1883-1917

영국의 시인이자 비평가, 철학자. 런던에서 새 시대의 예술가와 사상가들과 함께 모아 '시인 클럽'을 결성하고 이미지즘 시 운동을 주도했다. H. 베르그송의 《형이상학 입문(An Introduction to Metaphysics)》과 G. 소렐의 《폭력론(Reflection on Violence)》을 번역하였고, 유고집 《성찰(Speculations)》(1924)을 출간했다. 작품 수는 적지만 원죄에 뿌리를 둔 종교적 세계관과 고전적 예술관으로 T. S. 엘리엇을 비롯해 많은 작가들에게 깊은 영향을 미쳤다. 제1차 세계대전에서 전사하였다.

마음은 초원이란다

Knowledge

Your mind is a meadow
To plant for your needs;
You are the farmer,
With knowledge for seeds.

Don't leave your meadow
Unplanted and bare,
Sow it with knowledge
And tend it with care.

Don't be a know-nothing!
Plant in the spring,
And see what a harvest
The summer will bring.

지식

네 마음은 초원이란다.
이런저런 씨 뿌리는 초원.
너는 농부란다.
지식의 씨앗 뿌리는 농부.

네 초원을 버려두지 말아라.
파종도 하지 않고 비워둔 채로.
지식의 씨앗 뿌리고
정성 들여 가꾸어라.

무지한 자 되지 말아라!
봄이 되어 씨 뿌리면
여름 되어
풍요로운 수확 거두리니.

인생의 봄을 구가하는 젊은이들에게 들려주고 싶은 시입니다. 두뇌는 꼭 텅 빈 초원 같아서 제때 씨를 뿌리고 가꾸지 않으면 아무것도 거둘 수 없다고 말입니다.

무엇이든 실제로 경험해야 배우고 깨닫는 게 인간의 속성인가 봅니다. 대학 시절 읽은 소설은 아직도 또렷하게 기억나지만 지난주에 읽은 책 주인공 이름도 생각나지 않을 때가 있습니다. 이미 머리가 노쇠기에 접어들고 나서야 지식의 씨앗은 젊고 유능한 두뇌에서만 더욱 싱싱하게 자랄 수 있다는 것을 깨닫습니다.

씨를 뿌려야 거둘 수 있다는 것은 아주 간단한 진리이지만 잊기 일쑤입니다. 남이 수확할 때 아무리 후회하고 부러워해도 이미 늦을 텐데 말이지요.

엘리너 파전 Eleanor Farjeon   1881-1965

영국의 시인이자 아동문학가. 문학가인 아버지와 배우로 활동하는 어머니 사이에서 태어났다. 정규 교육을 받지 않고 예술적인 집안 분위기 속에서 성장했다. 상상력이 풍부한 우화적 작품들을 많이 남겼다. 그녀가 세상을 떠난 다음 해, 어린이 문학상인 엘리너 파전상이 제정되었다. 일본의 애니메이션 감독 미야자키 하야오에게 영감을 준 작가로도 알려져 있다. 동화 《보리와 임금님(The Little Bookroom)》(1955)으로 카네기상과 안데르센상을 받았다.

The Example

Here's an example from
A Butterfly;
That on a rough, hard rock
Happy can lie;
Friendless and all alone
On this unsweetened stone.

Now let my bed be hard
No take care I;
I'll make my joy like this
Small Butterfly;
Whose happy heart has power
To make a stone a flower.

본보기

여기 나비 한 마리가 보여주는
본보기가 있다.
거칠고 단단한 바위 위에도
행복하게 앉아 있는 나비.
이 거친 돌 위에
친구 하나 없이 혼자인 나비.

내 침상이 지금 딱딱하더라도
나 또한 개의치 않으리.
나도 이 작은 나비처럼
내 기쁨을 만들어가리.
나비의 행복한 마음은 바위를
꽃으로 만드는 힘이 있으니.

오래된 책을 읽다가 깜짝 놀랐습니다. 아주 작은 점 하나가 움직이고 있었습니다. 눈이 나빠져 문장의 마침표가 움직이는 것처럼 보이나 싶어 자세히 살펴보았지만, 그것은 분명 작은 생명체였습니다. 점 하나의 생명을 타고난 작은 좀벌레 하나가 종이 위를 열심히 기어가고 있었습니다.

우리는 흔히 말합니다. "에잇, 짐승만도 못한 인간"이라고. 하지만 따져보면 그것처럼 틀린 말이 또 어디 있을까요. 자연의 뜻에 순명하며 배고플 때 외에는 남의 것을 탐하지 않고, 필요한 만큼만 가지면 만족하고, 자기 보호 외에는 남을 해치지 않는 짐승들이 왜 인간보다 못한가요.

우주의 모든 생명체 가운데 인간으로 태어나는 일은 억만 분의 1의 확률이라고 합니다. 그렇게 귀중한 생명도 하찮게 여기고, 걸핏하면 제 욕심 채우기 위해 남을 해치고 끝없는 욕망에 잠을 설치는 게 인간입니다. 점 같은 생명이나마 소중히 이어가는 벌레, 딱딱한 바위 위에서도 행복하게 앉아 있는 나비, 우직한 생명의 힘으로 착하고 평화롭게 살아가는 짐승들이 모두 우리의 본보기가 아닐까요.

W. H. 데이비스 W. H. Davies   1871-1940

영국의 시인. 불우한 성장기를 보낸 뒤 골드러시 대열에 이끌려 미국으로 가지만
사고를 당해 무릎 위까지 절단했다. 외다리로 걸인생활을 하기 힘들어지자 시인
이 되었고, 이후 집을 떠나 평생을 방랑하면서 '걸인시인'으로 명성을 얻었다. 주
로 인생의 고통을 세밀히 관찰하여 얻은 깨달음을 주제로 시를 썼고, 삶의 다채
로운 면을 자연에 빗대어 묘사했다.

"아들아, 인간다운 인간이 되어라"

If…

If you can trust yourself when all men doubt you…

If you can wait and not be tired by waiting,

Or being lied about, don't deal in lies,

Or being hated, don't give way to hating…

If you can dream — and not make dreams your master…

Or watch the things you gave your life to, broken,

And stoop and build'em up with worn-out tools;

If you can make one heap of all your winnings,

And risk it all on one turn of pitch-and-toss;

And lose, and start again at your beginnings…

If you can talk with a crowd and keep your virtue,

Or walk with kings — nor lose the common touch…

If you can fill the unforgiving minute,

With sixty seconds' worth of distance run,

Yours is the Earth and everything that's in it,

And — which is more — you'll be a Man, my son!

만약에…

모든 이들이 너를 의심할 때 네 자신을 믿을 수 있다면,
기다릴 수 있고 기다림에 지치지 않을 수 있다면,
거짓을 당해도 거짓과 거래하지 않고
미움을 당해도 미움에 굴복하지 않는다면,
꿈을 꾸되 꿈의 노예가 되지 않을 수 있다면,
네 일생을 바쳐 이룩한 것이 무너져내리는 걸 보고
허리 굽혀 낡은 연장을 들어 다시 세울 수 있다면,
네가 이제껏 성취한 모든 걸 한데 모아서
단 한 번의 승부에 걸 수 있다면,
그래서 패배하더라도 처음부터 다시 시작할 수 있다면,
군중과 함께 말하면서도 너의 미덕을 지키고
왕과 함께 걸으면서도 민중의 마음을 놓치지 않는다면,
누군가를 도저히 용서할 수 없는 1분의 시간을

60초만큼의 장거리 달리기로 채울 수 있다면,

이 세상, 그리고 이 세상의 모든 게 다 네 것이다.

그리고 무엇보다 아들아, 너는 드디어 한 남자가 되는 것이다!

이 세상을 조금 더 오래 산 연륜과 경험으로 아들이 남자다운 남자, 아니 진정 인간다운 인간이 될 수 있는 조건을 가르칩니다. 자기에 대한 믿음, 좌절해도 다시 시작할 수 있는 용기, 겸손과 인내, 다수의 '민중'과 함께하는 것, 그리고 용서할 수 있는 마음을 말하고 있습니다.

하지만 연륜이 있다고 해서 삶이 던지는 모든 질문에 답을 갖고 있는 것은 절대 아닙니다. 틀린 줄 알면서도 어쩔 수 없이 틀리게 행동하고, 옳은 줄 알면서도 옳다고 말 못한 적이 수없이 많습니다. 못난 줄 알면서도 생활을 위해 어쩔 수 없이 그냥 살아갑니다.

그래도 내 아들만큼은 나보다 더 잘 살아주기를 원하는 마음, 제대로 인간답게 살아주었으면 하는 마음, 그것이 바로 아버지의 마음이고 이 세상을 지키는 힘이 아닐까요.

J. 러디어드 키플링 J. Rudyard Kipling   1865-1936

영국의 시인이자 소설가. 인도 뭄바이에서 태어나 영국에 유학했다. 인도에서 보낸 어린 시절이 상상력의 원천이 되었다. 대학에 다니며 시를 쓰기 시작했다. 1882년, 인도에서 저널리스트로 일을 시작해 시, 산문, 단편, 스케치 등을 발표하며 순식간에 문단의 명사로 떠올랐다. 1889년 영국으로 귀환하였고 인도와 정글, 바다 등을 소재로 한 단편소설 《정글북(The Jungle Book)》(1894)으로 1907년 노벨문학상을 받았다.

'겨울 마음'속에 숨겨놓은 보석은

The Snow Man

One must have a mind of winter

To regard the frost and the boughs

Of the pine-trees crusted with snow;

And have been cold a long time

To behold the junipers shagged with ice,

The spruces rough in the distant glitter

Of the January sun; and not to think

Of any misery in the sound of the wind,

In the sound of a few leaves,

Which is the sound of the land

Full of the same wind

That is blowing in the same bare place...

눈사람

사람은 겨울 마음 가져야 하네.
서리와 얼음옷 입은 소나무 가지를
생각하기 위해서는.
그리고 오랫동안 추위에 떨면서
얼음 덮여 가지 늘어진 로뎀나무와
1월의 햇빛 속에 아득히 반짝이는
가문비나무 보기 위해서는.
바람 속, 부대끼는 이파리 소리 속
비참함을 잊기 위해서는.
그것은 육지의 소리
늘 같은 황량한 장소에서
늘 같은 바람만 가득 부는.

횡 하니 부는 겨울바람 속에 불현듯 마음이 스산해집니다. 하지만 몸보다 마음이 더 추운 것 같습니다. 이렇게 바람 부는 추운 세상을 견뎌내기 위해서 시인은 우리 모두가 '겨울 마음'을 가진 눈사람이 되어야 한다고 말합니다. 존재의 비참함을 잊기 위해서는 따뜻한 심장도 없이, 열정 어린 가슴도 없이, 무심히 황량한 벌판 한구석을 지키는 눈사람이 되어야 한다고 말입니다.

시인은 사랑과 위로가 없는 겨울같이 차가운 세상에서 살아남는 법을 가르쳐줍니다. 하지만 우리가 비참한 것은 눈사람이 될 수 없기 때문입니다. 가슴속 깊이 보석처럼 숨겨놓은 따뜻한 심장을 절대로 포기할 수 없기 때문입니다.

사랑이 없는 세상에서는 살아남느니 차라리 죽는 게 낫기 때문입니다.

월러스 스티븐스 Wallace Stevens   1879-1955

미국의 시인. 20세기 전반 미국의 대표적인 시인으로서 하버드 대학교 뉴욕 법과대학을 졸업한 후에 변호사로 활동했다. 직장 생활을 하는 틈틈이 당시의 시 운동을 주도한 월간지 〈시(Poetry)〉에 기고하였다. 마흔 살이 넘어 첫 시집으로 《하모니엄(Harmonium)》(1923)을 발표하였다. 감성과 상상력을 중시했으며 시야말로 "최고의 허구"이고 "삶의 청량제"라고 역설했다. 시집 《시집(Collected Poems)》(1954)으로 1955년에 퓰리처상을 받았다.

나라의 기둥 '국민의 힘'

Great Men

Not gold, but only man can make
A people great and strong.
Men who, for truth and honor's sake,
Stand fast and suffer long.

Brave men who work while others sleep,
Who dare while others fly—
They build a nation's pillars deep
And lift them to the sky.

위대한 사람들

금이 아니라 사람만이 한 민족을
위대하고 강하게 만들 수 있다.
진리와 명예를 위해서 굳건히
맞서 오랜 고통을 참는 사람들만이.

다른 이들이 잘 때 일하는 용감한 사람들,
다른 이들이 도망갈 때 당당히 맞서는 사람들,
그들이야말로 한 나라의 기둥을 깊이 묻고
하늘을 찌를 듯 높이 세우는 사람들이다.

하늘에 닿을 듯 높이 솟은 마천루도 처음에는 벽돌 한 장에서 시작됩니다. 마찬가지로, 한 민족도 한 사람 한 사람이 뭉쳐 이루어집니다. 시인은 한 나라가 강하고 위대하게 되는 데 필요한 것은 그 나라가 소유한 재산이나 자원이 아니라 바로 국민의 힘이라고 말합니다.

진리와 명예를 소중하게 생각하고 고통을 참는 용감한 사람들만이 한 나라의 기둥을 강건하게 만들 수 있다고 말입니다. 어마어마한 건물도 주춧돌의 벽돌 한 장을 빼면 무너질 수 있듯이, 국민의 힘을 무시하면 잘나가던 나라도 망할 수 있습니다.

그래서 시인은 하루하루 성실하게 열심히 일하는 국민이야말로 진정 '위대한 사람들'이라고 말합니다.

랠프 월도 에머슨 Ralph Waldo Emerson   1803-1882

미국의 시인이자 사상가. 하버드 대학교 신학부를 졸업하고 대를 이어 목사가 되었으나, 사임하고 이후 유럽으로 건너가 역사학자 토마스 칼라일, 시인 윌리엄 워즈워드, 사상가 존 스튜어트 밀 등과 친분을 맺었다. 1835년 미국으로 돌아와 19세기 미국 사상의 근간인 초월주의 운동을 이끌었다. 그가 주장한 자기신뢰, 민권 개념 등은 지금도 미국 시민들의 의식 속에 깊이 뿌리 박혀 있다.

'짧은 한잠' 지나면… 우리는 영원히 깨어난다

Death, Be Not Proud

Death, be not proud, though some have called thee

Mighty and dreadful, for thou art not so;

For those whom thou think'st thou dost overthrow

Die not, poor Death, nor yet canst thou kill me…

Thou art slave to fate, chance, kings and desperate men,

And dost with poison, war and sickness dwell,

And poppy or charms can make us sleep as well

And better than thy stroke; why swell'st thou then?

One short sleep past, we wake eternally,

And death shall be no more; Death, thou shalt die.

죽음이여 뽐내지 마라

죽음이여 뽐내지 마라, 어떤 이들은 너를 일컬어
힘세고 무섭다지만, 넌 사실 그렇지 않다.
불쌍한 죽음아, 네가 해치워버린다고 생각하는
사람들은 죽는 게 아니며, 넌 나 또한 죽일 수 없다.
너는 운명, 우연, 제왕들, 그리고 절망한 자들의 노예.
그리고 독약과 전쟁과 질병과 함께 산다.
너 말고 아편이나 주문도 우리를 잠들게 할 수 있다.
너의 일격보다 더 편하게. 한데 왜 잘난 척하느냐?
짧은 한잠 지나면 우리는 영원히 깨어나리니,
더 이상 죽음은 없다. 죽음이여, 네가 죽으리라.

어떤 독자분이 제게 이메일을 보내셨습니다. 자궁암 말기로 고통스러워하는 딸을 격려해달라고. 저는 따님께 따로 긴 편지를 쓰겠다고, 아니 힘이 된다면 문병도 가겠다고 약속했습니다. 하지만 제가 게으름 피우는 동안 그분의 따님은 세상을 떠났습니다. "장 교수님이 아빠를 통해 격려해주신 것 감사합니다. 저도 장 교수님이 더욱 멋있게 사실 수 있도록 기도하겠습니다"라는 메모를 제게 남기고요.

무슨 말을 어떻게 해야 할지요. 죽음은 이별이 아니고, 죽음으로써 "우리는 영원히 깨어난다"는 시인의 말이 조금은 위로가 될지요. 떠나가는 사람들의 기대에 어긋나지 않게 더욱 열심히, "더욱 멋있게" 살아가는 것은 이곳에 남아 있는 사람들의 의무겠지요. 약속을 지키지 못한 데 대해 용서를 구하며 최철주 선생님께, 그리고 사랑하는 이를 가슴에 묻고 슬퍼하는 모든 분들께 이 시를 드립니다.

존 던 John Donne   1572-1631

영국의 시인이자 성직자. 형이상학파 시인의 일인자로 T. S. 엘리엇, 윌리엄 버틀
러 예이츠 등 20세기 현대 시인에게 깊은 영향을 끼쳤다. 가난과 정신적 고통 속
에서도 명시 〈신성 소네트(Holy Sonnet)〉를 썼다. 마흔세 살에 사제 서품을 받은
이후 평생을 성 바올로 대성당의 사제장으로 살았으며, 국왕 앞에서 설교하기도
했다. 그의 설교는 17세기의 설교 중 가장 뛰어난 것으로 손꼽힌다.

어디에선가 당신을 기다립니다

Song of Myself

…I depart as air, I shake my white locks at the runaway sun,

I effuse my flesh in eddies, and drift it in lacy jags.

I bequeath myself to the dirt to grow from the grass I love,

If you want me again look for me under your boot-soles…

Failing to fetch me at first keep encouraged,

Missing me one place search another,

I stop somewhere waiting for you.

이별을 고하며

나는 공기처럼 떠납니다. 도망가는 해를 향해 내 백발을 흔들며.

내 몸은 썰물에 흩어져 울퉁불퉁한 바위 끝에 떠돕니다.

내가 사랑하는 풀이 되고자 나를 낮추어 흙으로 갑니다.

나를 다시 원한다면 당신의 구두 밑창 아래서 찾으십시오.

처음에 못 만나더라도 포기하지 마십시오.

어느 한 곳에 내가 없으면 다른 곳을 찾으십시오.

나는 어딘가 멈추어 당신을 기다리겠습니다.

〈나의 노래〉라는 장시長詩에서 독자들과 함께 자아 여행을 떠난 시인이 이제 종착지에 도달했음을 알립니다. 몸은 떠나지만 마치 어디에서나 자라나는 풀잎처럼, 늘 낮은 곳에서 가까이, 함께할 거라고 말합니다.

시인과 마찬가지로 이제 저도 떠날 준비를 합니다. 여러분과 함께한 시 산책, 참 행복했습니다. 정신없이 돌아가는 세상에 "어딘가 멈추어 당신을 기다리는" 시인이 있는 것처럼, 시를 읽는 마음은 나는 절대 혼자가 아니라는 느낌, 어쩌면 바로 내 구두 밑창에서 날 기다리고 있는 사랑과 행복을 찾는 일인지도 모릅니다.

아플 때는 격려를, 기쁠 때는 사랑을 주신 독자 여러분께 감사합니다. 그리고 고백합니다… '사랑합니다.'

월트 휘트먼 Walt Whitman   1819-1892

미국의 시인. 열한 살부터 일을 하였고 정규교육을 받지 못했으나 대부분 독학으로 지식을 깨우쳤다. 이는 전통적인 시의 운율과 각운을 무시하고 일상의 언어와 자유로운 리듬을 구사한 시집 《풀잎(Leaves of Grass)》을 쓴 바탕이 되었다. 《풀잎》은 민주주의, 평등주의를 노래하며 미국 시단의 새로운 시 세계를 열었다는 평을 받았으며 미국 문학사에서 중요한 의의를 지니게 되었다. 이 시는 그의 대표작인 장시 〈나의 노래(Song of Myself)〉 중 일부이다.

생일 그리고 축복

1판 1쇄 발행 2017년 2월 27일 **1판 5쇄 발행** 2024년 2월 12일

지은이 장영희 **그린이** 김점선
펴낸이 박강휘
편집 김지선 **디자인** 홍세연

발행처 김영사
주소 경기도 파주시 문발로 197(문발동) 우편번호 10881
등록 1979년 5월 17일(제406-2003-036호)
구입 문의 전화 031)955-3200 **팩스** 031)955-3111
편집부 전화 02)3668-3290 **팩스** 02)745-4827 **전자우편** literature@gimmyoung.com
비채 블로그 blog.naver.com/viche_books
인스타그램 @drviche @viche_editors **트위터** @vichebook

ISBN 978-89-349-7734-6 03810 책값은 뒤표지에 있습니다.

비채는 김영사의 문학 브랜드입니다.

이 책에 실린 시들 중 일부는 저자와 연락이 닿지 않아 게재 허락을 받지 못했습니다.
출판사로 연락을 주시면 허락을 받고 게재료를 지불하겠습니다.